인생이 있는
식탁

인생이 있는 식탁

글·사진 박미향

indigo
Story and mate

나랑 밥 먹을래요?

나이가 들면 사는 게 수월할 줄 알았다. 웬만할 일에는 미동도 하지 않은 채 평정심을 유지하고, 어떤 이를 만나도 기죽지 않고, 어려운 일이 닥쳐도 척척 해결할 줄 알았다. 하지만 아니다. 넘어야할 언덕은 계속 나타나고 매번 힘겹다. 한 언덕을 넘으면 다른 언덕이 나타나고 그 언덕을 넘으면 또 다른 언덕이 튀어 올라왔다. 인생은 수많은 언덕을 넘고 또 넘는 과정인가 보다. 이왕 넘어야한다면 유쾌하게 신나게 넘자는 게 내 생각이다. 통쾌하게 상쾌하게 넘기 위해서는 친구가 필요하다. 사람이 해답이다. 어깨동무하고 함께 넘는 산은 지루하지도 험하지도 않다. 이 책은 내 시간의 한 자락을 같이 넘은 이들의 이야기다. 이들을 만나기 위해 밥을 먹었는지, 밥을 먹기 위해 이들을 만난 지는 잘 모르겠다. 어쨌든 우리들 사이에는 밥이 있었다. 밥은 우리를 끈끈하게 이어주는 동아줄이었다. 최근 방대한 중국 음식을 다룬 『칸지의 부엌』을 읽었다. 수령 같은 슬픔에 빠진 주인공은 중국계 미국인 요리사 샘을 만나 그의 한 스푼의 요리에 상처가 치유된다. 정성을 담은 음식은 소박하든, 미식가의 감탄을 자아낼 만큼 특출하든, 소설처럼 치유의 도구가 된다. 그래서 밥은 위대하다. 이 밥과 사람들의 이야기를 《한겨레신문》 주말 섹션 esc에 연재했었다. '나랑 밥 먹을래요?'가 문패였다. 그 이야기를 한 권의 책으로 묶었다.

"선배 진짜 맛있죠?" 후배기자가 말을 건넨다. 맞다. 맛있다. 배에서 갓 잡은 멸치로 보글보글 끓여낸 찌개는 탁월한 요리법 없이도 혀를 메치고 엎어 칠 정도로 맛있다. 2009년 후배기자와 나는 멸치잡이 배를 탔다. 후배는 취재를 하고 나는 사진을 찍었다. 점심시간이 되자 멸치잡이 배 주방장은 팔딱거리는 멸치로 찌개를 끓였다. 예전에 삼척 곰치잡이 배를 탔다가 혼쭐이 난 경험이 있어 후배가 남해 멸치잡이 배를 타자고 했을 때 심장이 파르르 떨렸다. 하지만 새벽부터 하루를 탈탈 털어 탄 멸치잡이 배는 뿌듯한 선물을 주었다. 열심히 그물을 던지고 멸치를 건져 올린 선원들의 밝은 표정과 땀방울이 담긴 사진들을 낚았다.

고기잡이 배를 가장 많이 타본 기자를 찾는 이가 있다면 "바로 저요." 하고 손을 들고 싶다. 이후에도 사진취재나 기사취재를 위해 곰치, 도다리, 주꾸미, 삼치 등, 각종 생선잡이 배를 탔다. 수평선 위로 떠오르는 해를 향해 달려가는 배에는 늘 차가운 바람이 불었다. 고춧가루보다 매웠다. 하지만 가슴 벅찬 사진들을 얻었다. 책에 그런 사진들을 엮어 넣었다. 안개 낀 옛길도 있고, 제주도 바다를 단박에 외계행성으로 바꾼 풍경이나 너무 예뻐 차마 먹을 수 없었던 음식도 있다. 그저 스쳐 지나다 발뒤꿈치를 잡아끌어 찍은 사진도 있다. 셔터를 누르는 순간은 언제나 무당의 푸닥거리 방울소리처럼 가슴 뛰고 땀방울이 솟구친다.

  몇 년 전부터 내 앞에 나타난 언덕은 '음식'이다. 2000년 내가 일했던 주간지에 '밤참'이라는 음식관련 연재를 했다. 경제지였다. 당시 IT업계 종사자들의 야근은 유명했다. 밤샘하고 배고플 때 간단하게 만들어 먹을 수 있는 야식을 소개했다. 회사 앞 동료 기자의 주방을 빌려 그야말로 '내 식의 막요리'를 만들고 동료들에게 시식을 부탁했다. 그 솔직한 평가를 지면에 싣기도 했다. 음식과의 인연은 그렇게 시작되었다. 책도 3권 냈다. (부끄러워 쥐구멍에라도 들어가는 심정이 들지만) 현재 '사진도 찍는 음식기자'가 내 직업이다. 오로지 음식마다 다른 미세한 맛의 차이를 알아보겠다고 대식가의 길에 들어서 몸무게가 무지막지하게 느는 수모를 겪고, 종가의 사라져버릴 레시피를 내 것을 만들겠다는 사심(?)으로 지방을 돌기도 했다. 음식에 담긴 자연과 우주의 섭리는 늘 내 호기심을 자극한다. 방하나를 온통 음식관련 책으로 채웠지만 허기지다. (다 읽었다는 소리가 아니다) 파고들수록 어려웠다. 늘 부족하다는 생각에 어깨는 축 늘어졌다. 먹을거리는 계급, 역사, 문화 등 먹는 것 이상의 의미를 담고 있다. 촉촉한 맛 속에는 '세상'이 녹아있다. 어렵다. 내 앞에 우뚝 선 이 언덕을 독자님들과 함께 힘차게 넘고 싶다. 조금 더 나은 세상을 만들기 위한 먹을거리에 대한 고민도 같이 하자고 제안하고 싶다. 여러 사람이 모이면 답이 나온다.

마지막으로 감사의 말을 전한다. 이 책을 내는 데 고생을 많이 한 인디고 출판사 기획자 이은지 씨와 회사 선후배, 동료들께 감사의 인사 전한다. 일할수록 이 보다 좋은 '일터'와 동료들이 세상에 있을까 싶은 생각이 든다. 준을 비롯한 가족에게도 고맙다는 말 건넨다. 부족한 글 주저 없이 선택해주신 독자님들도 감사하다. 그리고 이 책에는 등장하지 않지만 정말 소중한 이들이 있다. 나를 나답게, 내가 세상살이 잘 뚫고 갈 수 있게 격려를 아끼지 않는 이들이다. 감사드린다.

박미향

차례

인생의 식탁

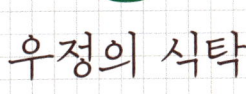

우정의 식탁

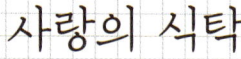

사랑의 식탁

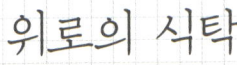

위로의 식탁

사람과 음식, 음식과 사람은
나비효과처럼
한 줄로 이어져 있나 보다.

인생의
식탁

그의 초밥을 한 알, 두 알 먹다 보면
우울함이 서서히 1층으로 올라와 공기와 섞이는 순간을 맞는다.
맛에서 희망을 찾는다.

희망의 맛으로
마음을
치유하다 · 초밥

한 후배는 서른이 되자 자신에게 선물을 했다. '기특하다. 폭풍 같은 험난한 20대를 잘도 버티고 건너왔구나' 하면서 말이다. 그 후배처럼 자신을 대상화시키자면 나와 밥을 가장 자주 많이 먹는 이는 바로 나 자신이다. 몸은 시궁창 물이 배어나오는 빨래통에 던져진 이불처럼 축축 처지고, 우울한 감정은 지하실 바닥을 뚫고도 한참을 더 내려갈 정도로 회색일 때 혼자만의 밥상을 찾아 나선다. ㄷ동에 있는 ㄱ초밥집으로 향하는 발걸음은 그래서 언제나 스산하다. 이곳은 맛도 맛이지만 분위기가 구석에 혼자 처박혀 돼지처럼 먹고 있어도 위축되지 않아 좋다.

내가 늘 앉는 자리는 정해져 있다. 초밥집 바의 맨 왼쪽 끝이다. 간간이 오는 나 같은 손님은 요리사 세 명 중 막내에게 배정된다. 『미스터 초밥왕』의 쇼타처럼 생긴 그는 어수룩하게 보이지만 눈빛만은 광채가 난다. 그는 내 마음의 치료사다. 그의 맛을 느끼고 있노라면 서서히 회색이 분홍빛으로 변해간다. 맛이 내 정신을 빼놓는다. '이 지상 최고의 맛'을 보고 기분이 좋아졌다는 건 아니다. 이곳의 최고의 맛은 총주방장이 낼 것이다. 기분이 좋아지는 이유는 노력이 담긴 그의 솜씨 때문이다. 그의 초밥의 맛은 점점 훌륭해지고 있었다. 자주 가지 않는 통에 혀가 그 변화를 금방 알아챈다. 그의 초밥을 한 알, 두 알 먹다 보면 우울함이 서서히 내 밖으로 빠져나와 공기와 섞이는 순간을 맞는다. 맛에서 희망을 찾는다.

초밥은 세계적으로 인기 있는 일본 음식이다. 일본인들은 스시로 세계인들의 입맛을 사로잡았다. 이렇게 글로벌한 음식인데도 전근대적인 구석이 있다는 것이 놀랍다. 초밥집을 돌아다니다 보면 여자 요리사를 만나기가 어렵다.

'여자에게 초밥은 안 돼!'

일본 사무라이 시대의 보수적인 전통이라고 말하는 이들이 있다. 그들이 꼽는 이유는 체력과 여성의 배란이다. 요리사에게 체력은 중요하다. 몇 시간을 쪼그리고 앉아서 굴을 까고, 무거운 생선을 여러 마리 턱턱 날라야 하는 초밥집이 여성에게는 맞지 않는다는 소리다. 하지만 체력은 남성도 넘어야할 산이다. 이 이유는 폐기처분감이다. 두 번째 이유는 여성의 배란 온도 때문이란다. 초밥은 온도가 미묘한 맛의 차이를 만든다고 한다. 사람의 체온과 같을 때 가장 맛있다고 알려져 있다. 여성은 배란이 시작되면 황체호르몬(LH)이 분비되고 체온이 1도 올라간다고 한다. 그 1도를 두고 '초밥은 여자가 만져서는 안 되는 요리'라고 규정짓는 것이다. 좀 웃기다. 체온은 요리할 때 여러 가지 방법으로 관리하면 그만이다. 초밥 빚기 전에 손을 담그는 물에 얼음을 넣는 이도 있고 냉동 행주를 사용하는 이도 있다.

이런 의구심을 해결하기 위해 한국의 초밥왕으로 명성이 자자한 안효주 선생을 예전에 만나 여쭤본 적이 있다. 그는 단호하게 "편견이다. 훌륭한 요리사의 조건은 본인의 의지, 열정, 품성이다. 누가 만들어도 정성이 가득 담긴 음식은 맛있다"고 말했다. 그의 초밥집에는 여자 요리사들이 있다. 그들의 반짝이는, 열정 가득한 눈매를 잊을 수가 없다.

'어떤 역경에도 굴하지 않는'
그의 두꺼운 얼굴은 남해바다의 팔딱팔딱 뛰는
신선한 생선을 많이 닮아 있다.

———

어떤 역경에도
굴하지 않는
싱싱함 · 삼치회

어린 시절 꿈이 역사의 현장을 놓치지 않는 사진가였던 한 사람의 이야기다. 그의 꿈은 도로시아 랭처럼 이주농민들의 삶을 찍거나, 루이스 하인처럼 거대한 공장에 갇힌 노동자를 찍거나, 제임스 나트웨이처럼 폭탄 터지는 전쟁터를 누비는 것이었다. 낸 골딘처럼 자신의 삶 자체를 피사체 안에 던지는 것도 그의 꿈이었다. 그의 그런 생각을 들을 때마다 사람들은 배시시 웃곤 했다. 항상 위태로운 경계선에서 사는 듯한 모습과 다소 엉뚱하고 개그스러운 모습은 그런 무겁고 진지한 삶이 과연 그와 어울릴까 싶었기 때문이다.

오래전 그는 한 외국계 통신사 사신기자 면접을 본 적이 있다. 그날 그의 앞에는 영국인 지국장과 싱가포르에 있는 아시아 총괄 사진데스크의 목소리가 들리는 전화기가 있었다. 초반에는 그럭저럭 잘 진행되었다. 드디어 말미에 중요한 예상 문제가 나왔다.

"북한 취재 갈 수 있느냐? 왜 그곳을 취재해야 한다고 생각하느냐?"

아주 쉬운 문제였다. 남북관계는 늘 중요한 세계적인 이슈니까! 그는 속으로 '앗싸'를 외치면서 답을 하려는 순간 머릿속이 까맣게 변했다. 영어 울렁증이 몰려온 것이다. 콩글리시 대가였던 그는 얼굴을 붉히면서 이상한 영어를 했다.

"이츠 마이 드림."

전화기 너머에서 웃음소리가 들렸고, 지국장도 웃음을 참지 못했다. 여기서 끝나지 않았다. 한번 시작된 울렁증은 멈추지 않았다. 다음 질문은

"왜 우리 통신사에 들어오고 싶은가?"였는데 머리는 이미 백지상태로 변해 있었다. 그는 순간 "이츠 마이 드림, 투"라고 답해버렸다. 순간 '빵' 터졌다.

　　남해바다에 가면 그 에피소드가 자주 생각난다. 여수가 고향인 주인 최문배 씨는 남해에서 잡은 생선을 비행기나 배로 가져와 요리한다. 차림표는 제철생선으로 꽉 차 있다. '봄'하면 냉이나 달래 같은 봄나물이 먼저 떠오르겠지만 제철생선도 계절을 알리는 전령사다. 3~4월까지 키조개, 굴 등 조개류와 도다리, 병어, 멸치, 삼치 같은 생선이 맛나다. 남해바다에는 보기 드물게 삼치회가 있다. 삼치는 주로 구이나 조림으로 먹는 생선이다.

지방에서 삼치를 주문할 때는 살짝 억양과 용어를 바꿔야 한다. 전남에 가면 "고시 주쇼", 통영에 가면 "망에 있는교"라고 해야 한다. 남해바다의 삼치회는 두께가 족히 0.5센티미터는 넘어 보인다. 최씨는 삼치회가 드문 이유는 4킬로그램 이상 되는 횟감을 구하기가 어렵고 잡자마자 빨리 죽는 삼치의 특성상 숙성과정도 손이 많이 간다고 한다. 회 뜨는 데도 고난도의 기술이 필요한데, 잘못 칼질하면 먹을 것이 별로 없다는 것이다.

평소 미식가였던 최씨는 자신만의 삼치회 먹는 법을 개발했다. 김 위에 소스를 바른 삼치 조각을 올려놓고 묵은 김치, 고추, 마늘까지 얹어 먹는 것이다. 삼치회는 생선의 비늘이 조금 남아 있어 씹는 순간 바삭한 식감이 느껴진다. 부드러운 살은 약간 단단하게 식은 푸딩처럼 알싸한 찬맛을 선사한다. 마지막에 고소한 맛이 감동을 주는데, 천천히 씹어야 느낄 수 있다. 이 집에는 서울에서 보기 드물게 코끼리조개도 있다.

'어떤 역경에도 굴하지 않는' 그의 두꺼운 얼굴은 남해바다의 팔딱팔딱 뛰는 신선한 생선을 많이 닮아 있다.

안 교수는 우리나라에만 있는 건강요리 나물과 닮았다.
나물은 특유의 질감과 식감, 담백한 맛으로 혀를 감동시킨다.
가만히 있어도 겸양지덕이 뿜어 나오는 대인과 같다.

———

진지대왕
안철수를 닮은
담백함 · 비빔밥

가까운 지인 '영희' 언니는 평생 '철수' 때문에 고생을 했다. 나이도 마흔을 훌쩍 넘기고, 애도 셋이나 됐는데 아직까지 그는 "철수는 어디 있냐"는 소리를 듣고 있다. 내가 지금 하려는 이야기는 영희 언니 이야기가 아니다. 철수 이야기다. 요즘 철수가 온 나라를 떠들썩하게 만들고 있다. 신문에 도배질한 그의 이름을 볼 때마다 작은 기억이 떠올랐다.

몇 년 전, 안철수 교수를 취재한 적이 있다. 당시 그는 기업의 CEO였고 나는 사진기자였다. 처음 만난 그는 '초절정 범생'이었고 이마에는 '진지'라는 단어가 콕 박혀 있었다. 그를 찍은 사진은 시종일관 재미없고 지루했다. 나는 그의 내면에 숨겨진 다른 풍경을 담고 싶었다. 특단의 조처가 필요했다.

"오빠……, 한번 웃어봐! 제발!"

순간 안 교수는 목젖을 내보이며 박장대소했다. 자신에게 '오빠'라고 부른 기자는 처음이라면서. 사진엔 소년처럼 싱그럽게 웃는 안 교수가 담겼다. 그 사람의 품성은 순박한 그 웃음에 모두 담겨 있었다. 책상에 엎드리라는 둥 누우라는 둥 쪼그리고 앉으라는 둥 갖가지 어려운 포즈를 요구했지만 그는 성실하게 응해 주었다. 과욕에 정신줄 놓은 기자가 안쓰러웠으리라!

음식 세계에 빠져들수록 만나는 이를 먹는 음식에 빗대어 생각하는 버릇이 생겼다. 안 교수는 우리나라에만 있는 건강요리 나물과 닮았다. 아무리 강한 향의 참기름과 질 좋은 천일염, 간장이나 고추장으로 간을 해

도 본성이 튀어나오는 나물. 나물은 특유의 질감과 식감, 담백한 맛으로 혀를 감동시킨다. 가만히 있어도 겸양지덕이 뿜어 나오는 대인과 같은 음식이다.

먹을거리가 풍족하지 않던 옛날, 식탁을 지켜준 음식이 나물이다. 선조들은 봄에 채취한 나물을 겨울까지 말려두었다 삶아 무쳐 먹었다. 나물은 보풀보풀 덩치가 커져 마치 쇠고기 같은 맛을 낸다. 나물이 밥과 합쳐지면 훌륭한 건강요리 강자가 된다. 바로 비빔밥이다.

비빔밥은 만들기가 쉬워 누구나 할 수 있는 요리라고 생각하지만 깊은 맛을 내기는 어렵다. 대표선수는 전주비빔밥이다. 요즘은 돌솥을 사용하는 경우가 많지만 예전에는 유기그릇을 썼다. 밥 지을 때 양지머리 육수를 넣었다고 한다. '1등만 기억하는 더러운 세상'을 지양하는 사람이라면 해주비빔밥, 통영비빔밥, 안동헛제삿밥, 평양비빔밥 등도 손으로 꼽는다.

몇 년 전, 나주비빔밥도 복원되었다. 나주비빔밥은 독특하게 '들'이 아니라 '장터'에서 생겼다. 일제 강점기 교통의 요충지였던 나주에는 시간에 쫓기는 상인들이 많았다. 그래서 한 그릇에 여러 가지 반찬을 한꺼번에 넣고 뱅뱅 돌려 나오는 밥 요리가 인기였다. 일명 '뱅뱅돌이비빔밥'이다. 이 나주비빔밥은 고깃국물 위에 뜨는 기름과 고춧가루로 비빈 것이 특징이었다.

화제의 인물 안철수 교수처럼 담백한 이와 남산자락 목멱산방°에서 비빔밥을 먹었다. 만화가 차화섭 씨다. 이름만 보면 영락없이 사내지만

만화 주인공처럼 미소가 재미있는 여성이다. 풀빵닷컴에 〈더블피의 뚝딱 쿠킹〉을 연재하고 있다. 목멱산방의 육회비빔밥은 여섯 가지 나물과 아기 주먹만 한 육회로 구성되어 있다. 한꺼번에 비벼도 각자의 색깔이 흐트러지지 않는다. 슴슴하고 칼칼하고 톡톡 튀고 무던한 나물들의 주장이 한 그릇에 담겨 있다. 제각각 다른 색깔이 빛을 발하는 세상이 천국이다. 음식도 접시 안에 다양한 식재료가 제 맛을 내면서 조화를 이룰 때 "훌륭하다" 칭찬을 듣는다.

"맛있네요."

차씨의 칭찬이 이어졌다. 그의 혀는 건강식에 탁월한 감별능력이 있었다. 그의 만화에도 줄곧 텃밭을 가꾸며 제철채소와 건강식을 먹는 이의 요리법이 가득 나온다. 서른네 살의 아낙네는 네 살 아래 남편과 함께 괴산으로 귀농했다. 헬렌 니어링처럼 소박한 밥상을 꾸릴 요량이다.

두 사람이 만난 사연도 재미있다. 2008년 6월 10일 광화문 촛불집회 때 눈이 맞았다. 수많은 인파들 사이에서 이리저리 밀리다 보니 어깨도 안아주고, 놓치지 않기 위해 손도 잡다가 애정이 싹튼 것이다. 사람과 음식, 음식과 사람은 나비효과처럼 한 줄로 이어져 있나 보다.

인공조미료가 들어가지 않은 밥상은
시골 향이 가득했다.
한 숟가락 한 숟가락 먹을수록 몸에 켜켜이 스며든
도시의 옅은 불안은 사라졌다.

——

시골 아침 식탁,
도시 생존녀의
불안을 잠재우다 · 시골 밥상

빵 사이에 낀 푸아그라 덩어리가 줄줄 흐르는 버터처럼 느끼하게 웃는다. 공중을 날아다니는 그놈을 향해 손을 뻗으려는데, 어디선가 저팔계의 삼지창이 날아와 꽂힌다. 거대한 삼지창은 모공이 넓은 내 팔뚝을 잔혹하게 찢고 나왔다. 레어(rare, 고기의 겉만 살짝 굽고 안은 붉은 육즙이 살아있는 상태로 굽는 법)로 익힌 스테이크 한 점을 꼭 눌렀을 때 어쩔 수 없이 흐르는 붉은 육즙처럼 얇은 팔은 천천히 핏빛으로 변한다.

악! 잠에서 깬다. 모공을 비집고 나온 땀방울은 짜다. 도시의 아파트였다면 꿈을 깨고도 뒷간을 제대로 다녀오지 않은 것처럼 언짢았을 것을, 진돗개가 짖고 바람이 창문을 두드리고 소나무가 우거진 고즈넉한 시골 마을에서는 '개콘'을 본 것처럼 유쾌하기까지 하다.

전남 무안군 청계면 월선리 예술인촌. 이곳은 20여 채의 한옥이 앞서거니 뒤서거니 이어진 마을로, 한옥 민박이 가능한 곳이다. 갯벌낙지가 유명한 무안 여행의 하룻밤을 이곳으로 정했다. 이른 아침 발목을 잡아채는 넝쿨을 따라 마을을 한 바퀴 돌자 전날 밤 묵은 한옥 '달하서실'의 주인 박관서 씨와 그의 아내 김애경 씨가 밥상을 내왔다. 된장국, 표고버섯구이, 가리비젓갈, 갈치창젓, 고등어구이, 호박무침 등.

"우리 집은 조미료를 안 쓰니께, 맛이 없지라."

김씨의 겸손이다. 식탁은 주인을 닮게 마련이다. 박씨는 바삭한 층이 겹겹이 쌓인 페이스트리(pastry)처럼 성실하게 산 시인이자 27년째 호남 목포역 등을 지키는 역무원이다.

"희망버스 타러 가야 허는디, 일이 안 끝나버리네."

그는 광주전남작가회의와 민예총 회원으로도 활동하고 있다. 그에게 시는 자신을 세상에 내보이기 위한 수단이 아니라, 농부가 밭을 갈기 위해 쟁기가 필요하듯 인생을 살기 위한 도구다. 지난해부터 그는 마을 노인들의 생애사를 정리하고 있다. 칠순 넘은 노인들의 인생을 마을 초등학생들이 받아 적는다. 그가 하는 일은 짝을 지어 주는 것이다.

"학교나 티브이에서나 잘난 사람들, 성공한 사람들 이야기만 듣다 보니 왜곡된 생각을 가지기 쉽죠이. 예전 우리는 부모님, 할아버지 생을 자연스럽게 듣고 컸죠이."

그는 지역 예술인들과 함께 섬을 찾아다니면서 초등학교 학생들에게 글쓰기, 미술 등도 가르친다.

"문화예술활동을 하러 가면 애들 맛있어요."

그는 착착 달라붙어 배우는 아이들을 '맛있다'고 표현했다.

아침 식탁에는 주거니 받거니 사는 이야기가 담백하게 날아다녔다. 된장국은 표고버섯을 우린 물에 청국장가루와 굴을 넣어 끓였다. 남은 표고버섯은 간장양념을 온몸에 두르고 오븐에 구워 적당한 탱탱함을 유지한 채 나왔다. 갈치의 창자로 담근 갈치창젓은 숟가락으로 뜨자 주르륵 흘렀다. 가리비젓갈도 탱탱하기는 마찬가지였다. 악착같은 도시 생존녀에게는 잊을 수 없는 맛이다. 인공조미료가 들어가지 않은 밥상은 시골 향이 가득했다. 한 숟가락 한 숟가락 먹을수록 몸에 켜켜이 스며든 도시의 옅은 불안은 사라졌다.

비 오는 여름날, 나눠 먹는 달콤하고 바삭한 와플 맛이란!
그는 액체의 미묘한 맛을 뛰어나게 감지하는
사람답게 덩어리의 맛도 정확하게 집어냈다.

——

구수한
그리고 달짝지근한
그녀 · 와인과 와플

소설가인 한 후배가 웃으면서 내게 흰소리를 한다.

"선배, 요새 단편소설 쓰시데요. 팩트 맞아요?"

'나랑 밥 먹을래요?' 연재를 두고 하는 말이다.

"후배님, 사실 맞고요……."

그 후배는 실명을 쓰면 재미있을 거라고 했다. 후배의 충고에 커다란 감동을 받은 나는 실명을 쓰기로 했다. 엄경자! 이름에서 내공이 느껴진다. 서른네 살인 그, 젊은 여자 이름치고는 무겁다. 우리 어머니 세대에서나 통용되었을 이름이다.

어딘가 촌스럽기까지 한 그의 이름 앞에는 '우리나라 최고 실력을 갖춘 와인 소믈리에'라는 명패가 달린다.

몇 년 전 그를 처음 만났을 때 깜짝 놀란 적이 있다. 한 와인 시음장에 서였다. 그가 와인을 몇 모금 마시자 그의 이들의 색이 조금 변하기 시작했다. 과장하자면 빠르게 시멘트 색으로! 와인 때문이었다. 이는 자신의 일에 폭 빠진 소믈리에들의 숙명이기도 했다. 몇 년 동안 수천 가지의 와인을 테이스팅하다 보면 이가 급하게 와인에 반응하는 것이다. 몇 시간 뒤 고운 이로 돌아왔지만 그 희한한 색에 대한 기억은 지금도 선명하게 각인되어 있다.

그는 불문학을 전공했고 프랑스 보르도 지역에서 와인을 공부했다. 훅 불면 날아갈 것처럼 가냘픈 체구지만 자신의 인생을 단단하게 꾸려가는 사람이다. 그는 1990년대 말 금융위기 때 무작정 프랑스로 건너가 보르

도에 있는 소믈리에 학교 '카파'의 문을 두드렸다. 그는 용감했다. 현재 이 학교는 그를 롤 모델로 한 한국인들이 많지만 당시에는 그가 처음이었다.

그를 만나기 위해 여름날 소나기를 뚫고 길을 나섰다. 고소한 와플을 들고서. 와플은 밀가루와 달걀, 우유 등을 반죽해서 바둑판 문양의 틀에 구운 과자다. 벨기에식과 미국식이 있는데, 맛에 조금 차이가 있다. 재료의 양이 차이를 만든다. 미국식이 조금 더 달다. 와플의 독특한 문양은 중세시대에 군인들이 전쟁터에서 주방기구 대신 방패를 사용해 구워 생겼다는 설이 있다.

그에게 가져간 와플은 여의도의 작디작은 와플집 **벨기에 와플**°에서 산 것이었다. 이 집의 장점은 토핑이 없다는 건데, 바삭한 와플로만 승부한다. 주인은 벨기에 사람인 파트리크 판볼파위다. 할아버지 대부터 벨기에에서 와플집을 했다고 한다.

비 오는 여름날, 나눠 먹는 달콤하고 바삭한 와플 맛이란! 그는 액체의 미묘한 맛을 뛰어나게 감지하는 사람답게 덩어리의 맛도 정확하게 집어냈다.

"와, 맛있어요!"

그가 와플에 대한 답례로 '어플'을 선물로 줬다. 회사 업무와 관련 없이 와인 어플을 만든 것이다. 자신의 테이스팅 노트도 공개하고 마리아주(음식과 와인의 맛의 궁합)가 훌륭한 와인과 음식도 소개해 놓은 어플. 철저

하게 그의 주관이 개입된 어플인 셈이었다. 엄경자만의 복잡하고 구수

한 그리고 달짝지근한 어플. 역시 그는 인생을 단단하게 산다.

"엄샘, 벨기에 와플과 잘 맞는 와인도 추천해 주셈!"

어머니는 딸에 대한 걱정을 닭볶음탕에 담아 내놓았다.
그리움이 잔뜩 묻어 있었다.
짜고 맵고 인공조미료 향이 났지만 그건 중요하지 않았다.

——

추억을
부르는 그리움
한 그릇 · 닭요리

사고를 치고 말았다. 한 달 전, 프랑스 보졸레 지방 출장을 마치고 한국으로 돌아오는 길이었다. 리옹에서 파리로 향하는 비행기 안에서 벌어진 일이다. 전날 우리 일행은 여정의 마지막을 축하하는 기분으로 퍼마셨다. 무릇 사람은 마지막에 열정을 쏟아붓는 법. 연인은 이별하는 마지막 밤에 뽑어낼 수 있는 모든 땀을 쏟아내고, 사진가는 마지막 슈팅에 필름을 아끼지 않는다.

너무 조용해서 까치발걸음도 송구한 보졸레 시골의 마지막 밤, ㅊ에게 한잔, 두 명의 ㅇ에게 한잔씩, ㄱ에게 한잔, 넘치는 붉은 술잔 사이로 손바닥 만한 별들이 떨어졌다. 문제는 다음날이었다. 프랑스 하늘을 나는 비행기가 술잔처럼 출렁였다. 위장에서 튀어나갈 때만 노리고 있던 그것들이 드디어 기회를 잡았다. 비행기의 흔들림이 기폭제가 된 것이다. 유일한 희망은 화장실이었다. 입을 틀어막고 올림픽 스타디움을 달리듯 전속력으로 돌진했다. 그때 어여쁜 프랑스 승무원이 완강하게 붙잡는 게 아닌가! 자리로 돌아가라고! 그 순간 내 입에서 이상한 말이 튀어나왔다.

"욱! 욱! 욱! 데인저러스."

도대체 무슨 말을 하고 싶었던 걸까? 위험을 감지한 승무원은 화장실을 열어주었다. 비행기는 서서히 착륙을 하고 있었다. 쿨쿨 자고 있었던 ㅊ과 ㅇ에게 구조요청은 할 수가 없었다. 그건 술꾼의 자존심이니깐!

한국에 돌아와 프랑스에서 통역을 맡았던 이의 어머니가 운영하는 식당에 모였다. 나의 무용담은 좌중을 압도했다. 그 어머니가 딸의 안부를 묻지 않았다면 아마 계속되었을 것이다.

"내 딸은 프랑스에서 잘 지내요?"

어머니는 딸에 대한 걱정을 닭볶음탕에 담아 내놓았다. 그리움이 잔뜩 묻어 있었다. 짜고 맵고 인공조미료 향이 났지만 그건 중요하지 않았다.

닭요리는 우리나라 사람들이 특히 좋아하는 음식이다. 조선시대 장계향 선생이 쓴 최초의 한글조리서 『음식디미방』에는 다양한 닭요리들이 등장한다. 영계를 찌는 '연계증'은 된장과 밀가루를 활용해서 만드는 맛난 찜 요리다. '칠계향', '승가기', '연계적' 등 이름도 생소한 닭요리들이 여러 문헌에 기록되어 있다. 닭은 먹을거리가 넉넉하지 않던 시절에 참으로 유용한 식재료였다.

ㅇ과 ㄱ은 모두 요리와 관련된 일을 한다. 우리는 자연스럽게 프랑스에서 맛본 닭요리로 이야기가 이어졌다. '버섯 소스를 곁들인 닭고기'는 버터를 넣고 닭고기를 굽다가 버섯, 양파, 으깬 통마늘, 화이트와인을 넣어 졸이는 요리로, 마지막에 걸쭉한 크림을 뿌려 먹는다.

당시 ㅊ과 두 명의 ㅇ은 이 요리를 해준 멋진 프랑스인 프레데리크 발레트를 훔쳐보면서 함께 갔던 요리사 ㄱ에게 한국으로 돌아가지 말라고 강권했다. 눌러앉아 그와 백년해로하면서 요리를 배우라고! 세계적인 요리사가 될 수 있는 절호의 기회라고 농담을 던졌더랬다.

그날 밤, 서울 하늘에는 별이 보이지 않았지만 프랑스의 그날 밤처럼 흥겨웠다.

그에게서 비법을 듣지 않아도 비결을 알 수 있다.
단아한 생활 속에 피자 위 치즈처럼
해보지 않았던 쫀득한 재미있는 일을 찾고,
루콜라처럼 향긋한 바람에 웃는 것!

늙지 않는
여인의
오묘한 비결 · 한정식

여자가 늙는다는 것은?

초콜릿 상자 안에 형형색색의 초콜릿이 하나씩 둘씩 사라지는 듯한 참혹함을 보는 일?

인생의 가을을 아쉬워하면서도 안도의 한숨을 몰아쉬는 일?

활활 타오르는 용광로를 겨우 빠져나와 편안해지고 단단해진 것을 느끼는 것일까! 사람마다 나이듦에 대한 감회는 다르다. 나이테가 더 늘어 오히려 편안한 이도 때때로 젊은 날의 생기가 그립다. 전통음식연구가 ㅇ선생은 예순이 넘은 나이에도 20대의 생기와 청춘이 살아 있다. 어깨까지 내려오는 긴 생머리, 커다란 눈동자, 음식을 만들 때 흥얼거리는 유쾌한 목소리……. 도무지 지루함이라고는 찾아볼 수 없다. 40대라 해도 믿을 만큼 젊다. 젊은 날 열정을 죽을 때까지 갖고 싶은 철없는 이들에게는 부러움의 대상이다.

그 비결은 무엇일까?

'늘 젊게 생각한다'거나 '늘 웃으면서 긍정적으로 생각한다' 뭐 이런 고리타분한 이유를 비결이라고는 할 수 없다.

하늘이 비와 번개로 화풀이를 실컷 한 다음날 ㅇ선생을 만났다. 여전한 모습에 박수를 보냈다. 그와 한 끼 식사 자리로 고른 곳은 여의도백화점 7층 한식당 향원이었다. 1989년 문을 연 이후 줄곧 여의도에서 비교적 저렴한 가격에 한식 코스요리를 선보이는 곳이다. '궁중정식'을 주문하자 7가지 요리가 등장했다. 삼합, 갈비찜, 삼색전유어, 낙지볶음 등. 평

범한 우리네 음식이지만 맛은 별스럽다. 고향이 광주인 주인 임차순 씨의 입맛이다. 전라도 음식 특유의 진하고 촘촘한 감칠맛이다. 같은 음식이라도 지방마다 맛이 다르다. 서울은 짜지도 맵지도 않은 것이 특징이며, 궁이 있어 화려하고 양은 적으나 가짓수가 많은 편이다. 충청도는 사는 사람들을 닮아 수수한 자연 그대로의 맛을 추구하며, 조미료로 주로 된장을 많이 사용했다고 한다. 충청도보다 더 소박한 맛은 강원도다. 남쪽 경상도와 전라도로 내려가면 간이 세다. 더운 날씨 탓에 음식이 상하는 것을 방지할 목적이었다. 전라도는 풍부한 식재료 때문에 음식이 별날 정도로 다양하고 풍성하다. 탕 하나를 만들어도 지지고 볶고 요리기술을 최대한 발휘한 음식이 많다.

"선생님, 이곳 맛 어때요?"

"괜찮네요."

삼합과 홍어무침으로 손이 자꾸 간다. 전라도 음식점에 홍어무침이 빠질 수 없다. 하지만 문을 열 때만 해도 홍어요리가 없었다. 김대중 전 대통령의 평민당 시절, 당사가 여의도백화점 6층에 있었다. 지지자들이 평소 김 전 대통령이 홍어를 좋아한다는 소문을 듣고 당사로 홍어를 몇 상자씩 보냈다고 한다. 그 많은 홍어들은 향원으로 직행했다. 향원은 김 전 대통령의 홍어 보관소인 셈이었다.

배가 두둑해지자 본격적으로 ㅇ선생의 젊음의 비결 조사에 착수했다.

"젊었을 때 막 욕심내서 일을 많이 할 때는 정신없었지요. 요리 심사,

강연, 방송…… 그걸 내려놓으니 맘이 편해요."(헉! 일을 안 해야 된다는 말씀인가!)

"돈은 지금 연구하는 거 유지할 정도만 있으면 되고."(헉! 돈도 벌지 말아야 한다고!)

"내가 좀 모자라서 스트레스를 별로 안 받고 육체적으로 끝내줘요. 하하."(헉! 몸만 갈고닦는 바보가 되어야 한다는 말씀!)

"아침마다 현미밥과 된장국을 꼭 먹어요."(오호라! 이것이 영양제로구나.)

겨우 한 가지 비법을 건졌다. 비법이란 것은 들으면 들을수록 오묘하다. 그는 매일 1시간씩 '아이돌댄스'를 추고 연극 연습을 한다. 젊은 날 연극을 좋아했지만 연극배우가 될 수 없었던 친구들과 〈오셀로〉를 연습한다. 먼 곳에 사는 이가 찾아오면 집 근처 벚꽃이 흐드러지게 핀 거리를 함께 걷는다. 그에게서 비법을 듣지 않아도 비결을 알 수 있다. 단아한 생활 속에 피자 위 치즈처럼 해보지 않았던 쫀득한 재미있는 일을 찾고, 루콜라처럼 향긋한 바람에 웃는 것!

그는 차근차근 와인의 세계로 나를 이끌었다.
맛을 감별하는 법과 포도를 사랑하는 법을 가르쳐 주었다.
존댓말을 쓸 정도로 어색했던 사이는 소꿉친구처럼
한 맛을 완성하는 페투치네 면과 흥건한 소스처럼 친해졌다.

———

스승님,
무엇을
고를까요? · 와인

어두운 와인바, 박미향과 ㅅ이 촛불을 사이에 두고 있다.

박: (계속 웃으면서) 스승님, 무엇을 고를까요?

ㅅ: (따라 웃으며) 잘 고르시잖아요. (차림표 한 지점에 손가락을 짚고는) '킴 크로포드 소비뇽 블랑 말보르' 어때요?

박: 여름은 역시 화이트와인인가요!

ㅅ: (특유의 진지한 말투로 종업원을 불러 킴 크로포드를 지목하며) 얼음통에 5~10분 담갔다가 주세요. 드라이한 화이트와인에 스파이시한 맛 느껴보신 적 있어요? 고추처럼 매운맛은 아니에요. 후추 정도 될까. (종업원이 와인을 서빙해오자) 뉴질랜드의 소비뇽 블랑 맛보세요.

박: (화이트와인을 마시면서) 빌라 엠보다 달지 않네요.

ㅅ: 화이트와인 포도품종은 소비뇽 블랑, 샤르도네, 리슬링, 모스카토, 피노그리 정도죠. 빌라 엠은 모스카토로 만들어요. 왜 누드병인지 알아요?

박: (멍청한 표정으로) 아니요.

ㅅ: 이탈리아 와인회사 잔니 갈리아르도사에서 만들죠. 잔니가 오랫동안 인연을 맺은 고객에게 선물할 때 자신이 라벨을 그려줬대요. 그것이 시작이었죠. 오크향 나나요?

박: (볼이 발그레 변하고 취기가 돈 듯한 목소리로) 좋은데요.

ㅅ: 옛말에 요리 못하는 며느리가 음식 대가 시어머니를 속이는 방법 중 하나가 맵게 만드는 거라잖아요. 오크향이 너무 진하면 다른 향을 느낄 수 없어요. 저렴한 신대륙 와인들 중에 그런 것들이 있죠. (가방에서 주섬주

섬 와인 한 병을 꺼낸다.)

박: 시에이치 베레스 리슬링 2006 임펄스?

ㅅ: 리슬링이에요. 소비뇽 블랑과 어떻게 다른지 보세요. 타닌이 거의 안 느껴질 거예요. 산도가 높을수록 좋은 화이트와인이에요. 리슬링 와인은 '첫사랑의 와인'이라고 해요. 첫맛은 꿀처럼 달지만 끝맛은 쓸쓸하기 그지없으니깐.

박: (몸이 노곤해지는 것을 느끼면서 낮은 목소리로) 마지막에 느껴지는 허무감이 그런 거군요. 그래도 뭔가 인생의 끈적한 진액 같은 열정이 느껴지는 리슬링이 전 정말 좋네요.

2008년에 있었던 일이다. ㅅ은 나에게 와인 스승이다. 진정한 술꾼은 어떤 종류의 술이든 마다하지 않는 법 아닌가. 와인은 복잡하고 비싸고 번잡하고 꼴사나운 고상함이 싫지만 한산소곡주나 안동소주처럼 술꾼의 호기심을 끌기에는 충분하다.

그는 와인 관련 글을 쓰는 전문가였다. 프랑스, 칠레, 미국, 오스트레일리아, 남아프리카, 스페인까지 안 가본 와이너리(포도주를 만드는 양조장)가 없다. 2007년 와이너리 취재를 앞두고 시험 전날 외워야 할 백과사전을 앞에 둔 중학생처럼 막막할 때 ㅅ을 만났다. 그는 차근차근 와인의 세계로 나를 이끌었다. 맛을 감별하는 법과 포도를 사랑하는 법을 가르쳐 주었다. 존댓말을 쓸 정도로 어색했던 사이는 소꿉친구처럼 한 맛을 완성하

는 페투치네 면(파스타 면 종류의 하나)과 흥건한 소스처럼 친해졌다. 가까운 사이가 되었지만 사실 그에 대해 아는 것은 별로 없었다. 무슨 대학을 나왔는지, 전공은 무엇인지 모른다. 그저 내가 아는 것은 와인에 대한 식견이 매우 겸손하면서 높은 경지라는 것뿐이다. 몇 해 전 스승은 큰 고난을 겪기도 했다.

"당뇨, 정말 당뇨라고? 나이가 30대 중반인데?"

미식이 대식의 단계를 넘어야 성취할 수 있는 경지인 것처럼 와인도 비슷하다. 너무 많은 와인과 음식을 먹은 것이 원인이었다. 음식을 탐험하는 이들이 통풍이나 비만에 시달리는 일은 허다하다.

지난주 이태원의 스페인 음식점 '봉고'에서 그를 만났다. 마치 라운지바나 클럽을 옮겨놓은 듯한 분위기였다. 최근 스페인 음식점이 늘고 있다. 강남구 신사동에서 유명한 스페인클럽♥이 3호점을 내고, '미카사' 등의 레스토랑이 문을 열었다. 파에야, 하몬, 보카디요(스페인식 햄버거) 등은 우리 입맛과 잘 맞고, 스페인 여행을 다녀온 이들이 늘면서 찾는 이들도 따라 늘었다.

나는 그와 카바(스페인 스파클링 와인)를 마셨다.

"프랑스의 샴페인과 같은 전통적인 방법으로 만들지만 가격은 훨씬 싸죠. 드라이하고 달지 않아요. FTA 체결 뒤 가장 주목받는 와인이 스페인 와인입니다. 다양한 맛들이 들어오고 있고, 전 세계에서 포도밭이 가장 넓죠. 어쩌면 몇 년 뒤에는 세계 1위 와인수출국이 될지 몰라요."

그는 최근 하는 일이 달라졌다. 꿈꾸는 자만이 가지고 있는 흥분이 그에게서 느껴진다. 스승은 역시 멋지다.

ㅈ에게는 이왕이면 건강한 닭튀김 요리를 대접하고 싶다.
일상을 즐거운 일로 채우는 ㅈ가 부럽다.
롯데 경기 전날에는 가슴이 두근두근 설렌다고 한다.
그를 따라 이제부터 내 가슴도 뛸 것 같아 기대된다.

——

일상을
즐거운 일로
채우는 방법 · 닭튀김

세상에서 가장 귀여운 남자는 누굴까요? 내가 보기엔 이대호 선수가 아닐까 싶다. 미학적으로 둥근 원 두 개, 그러니까 머리와 몸이 알맞게 조합되어 있다. 두 개의 원은 율동미마저 있다. 그는 러시아 인형인 마트료시카나 오뚝이, 판다를 닮았다. 귀엽다. 미치도록 귀엽다.

2010년 이대호 선수를 코앞에서 본 적이 있다. 가르시아 선수의 한식 사랑을 취재하러 문학경기장을 찾았을 때였다. 가르시아 선수는 당시 한참 롯데 자이언츠 선수로 활약 중이었다. 이대호 선수뿐이겠는가! 홍성흔 선수는 장난꾸러기처럼 방글방글 웃고 있었고, 까만 피부의 조성환 선수는 날카로운 눈매로 방망이를 손질하고 있었다.

그저 '프로야구가 인기구나', '요즘은 여성들도 관심을 가지는 경기구나', 정도로 야구에 별다른 감흥이 없던 나는 이날 선수들과의 만남이 얼마나 엄청난 일인지 ス를 만나고서야 깨달았다. 그는 내가 취재하러 간다고 하자 "나도 데리고 가지, 너무해, 너무해!"라고 외쳤다. ス는 롯데의 광팬이었다. 그에게 그해 경기 예매는 새해 계획 중에 가장 중요한 일이었다. 눈이 벌겋게 충혈될 정도로 컴퓨터를 노려보거나 다크 서클이 쭉쭉 늘어질 정도로 피곤해도 땡볕에 줄을 설 만큼 열성적이다. 야구 좀비가 따로 없다. 이제 갓 태어난 친구의 아이에게 앞으로 10년은 더 살아야 입을 수 있는 롯데 자이언츠 운동복을 선물할 정도다.

"그런 취재가 있으면 다음에 꼭 데려가야 합니다. 꼭꼭!!! 얼굴만 볼게요."

나는 미안한 마음에 그러겠다고 대답했고, 그는 경기장에서 세게 한턱 쏘기로 했다.

잠실야구경기장에서 한턱 쏜다면 닭튀김이나 커피, 햄버거, 피자, 도넛, 샌드위치 중 하나일 것이다. 한식당이 있지만 그건 너무 거창하다. 고민할 필요 없이 닭튀김을 고를 것이다. 무엇보다 ㅈ가 좋아한다.

닭튀김에 맥주 한잔! 크! 야구팬들은 왜 닭튀김을 좋아하는 걸까? 잠실경기장 앞에서 치킨집을 운영하는 유정희 씨는 보통 예약한 것과 당일 주문하는 것을 합치면 경기 있는 날에는 닭이 약 170마리 정도 나간다고 귀뜸했다. 주변의 치킨집들과 경기장 안의 판매까지 합치면 아마 그 수는 더 늘어나리라. 하루에 말이다.

닭튀김에서 중요한 것은 닭의 질과 튀김기름이다. 제이미 올리버가 영국의 한 텔레비전 프로그램에서 실험한 것처럼 자유롭게 풀어서 키운 닭들이 맛있고 건강하다. 수입산보다 국산이 좋다. 푸드 마일리지(식재료가 최종 소비자에게까지 오는 이동거리)가 짧을수록 신선하다. 기름은 발연점(기름이 연기를 내지 않고 탈 수 있는 최대 지점)이 높은 것이 좋다. 기름의 연기에는 유해성분이 있다. 한때 닭튀김집들이 건강에 좋다면서 올리브유를 쓴다고 광고한 적이 있다. 하지만 올리브유는 발연점이 낮아 튀김요리에는 적당치가 않다. 그런 점을 보완했다는 닭튀김 전문업체도 있었다. 하지만 기름 종류도 많은데, 굳이 올리브유로 튀긴 닭을 먹을 필요가 있을까. ㅈ에게는 이왕이면 건강한 닭튀김 요리를 대접하고 싶다.

일상을 즐거운 일로 채우는 ㅈ이 부럽다. 롯데 경기 전날에는 가슴이
두근두근 설렌다고 한다. 그를 따라 이제부터 내 가슴도 떨 것 같아 기
대된다.

어깨에 메기 버거운 취재사다리를 들어주겠다는
호의를 베풀지도 않았고,
"네가 찍어봤자 얼마나 잘 찍겠냐."는
의심에 찬 시선도 보내지 않았다.
그는 나를 후배로 '막 대했다' 나는 그게 고마웠다.

——

'막 대해준'
고마운 선배와
한잔 · 막걸리

조지 오웰은 자신의 책에서 인간을 '음식 담는 자루'라고 표현했다. 이 자루는 종종 특수한 상황에 직면하면 내용물을 세상에 분출해버리는 어이없는 짓을 저지른다. 10~12년 전 겨울이었다. 다른 신문사 ㄱ선배와 막걸리를 한잔했다. ㄱ은 다른 사진기자들과는 달랐다. 당시는 여자 사진기자가 매우 적던 시절이었다. 한강에 빠진 반지를 찾는 게 나을 정도였다. 취재현장에서 만나는 남자 사진기자들은 나에게 신기한 눈초리와 차가운 시선을 동시에 던졌다. ㄱ만은 예외였다. 어깨에 메기 버거운 취재 사다리를 들어주겠다는 호의를 베풀지도 않았고, "네가 찍어봤자 얼마나 잘 찍겠냐"는 의심에 찬 시선도 보내지 않았다. 그는 나를 후배로 '막 대했다'. 나는 그게 고마웠다. 막 대한 선배와 막걸리 한잔은 너무나 당연했다. 막걸리는 '막 걸렀다' 해서 붙여진 이름 아닌가. 막 대한 선배와 막 거른 술 한잔, 겨울밤은 따스했다. 마구 걸러낸 술은 탁해서 '탁주', 흰색이라서 '백주', 농사에 널리 쓰였다 해서 '농주'라고 부르는 우리 술이다.

취재가 끝난 뒤 가볍게 가진 술자리는 밤 11시를 넘기지 않았다. 12월 주운 겨울, 믹걸리를 담은 자루(나)는 버스에 올랐다. 그런데 따뜻한 버스 안은 자루를 빵빵하게 부풀리기에 충분했다. 결국 나는 버스에서 내려 택시를 잡아탔다. 마포대교를 건너갈 때쯤이었다. 자루는 구토를 준비 중이었다. 인체의 혈액에 약물이나 독성물질이 들어왔다고 판단될 때 구토는 비자발적으로 활성화된다.

'정신을 차리자, 쏟아내면 안 돼!'

내 머릿속은 절절한 각오로 빳빳해졌다. 술꾼인 나만의 원칙 중의 하나는 '절대로 택시 안에서 구토하지 않는다'이다. 나로 인해 그날 밤 영업이 끝난다면 죽을 때까지 죄책감에 시달릴 것 같아서였다.

원칙을 지키기 위해 자루 안에 신선한 공기를 공급하기로 결정했다. 택시 창문을 열고 고개를 내밀었다. 시원했다. 구토는 진정되었다. 그 다음이 문제였다. 창문 안으로 다시 들어오려는 순간 머리가 창문에 꽉 끼어 움직이지 않았다. 손잡이를 돌려봤지만 별 소용이 없었다. 기사님을 목청 높여 불러봤지만 그는 〈비 내리는 호남선〉을 룰루랄라 들으며 돌아보지도 않았다. 망신은 여기서 끝나지 않았다. 신호등이 파란불로 바뀌자 택시가 멈춰 섰다. 옆 차선의 버스에는 영어회화를 듣거나 책을 보는 건강한 시민들이 빼곡했다. 그들과 눈이 마주쳤다. 12월 바람은 칼에 베인 것처럼 차가웠다. 젠장! 자루는 부끄러웠다.

그 이후로 막걸리에 대한 두려움이 생겼지만 막걸리는 여전히 사랑스러운 우리 술이다. 만들기도 편하다. 곡물을 낟알 그대로 찐 고두밥에 물과 누룩을 붓고 뜨끈한 방바닥에 10일 정도 두면 완성이다. 몇 년 전 종가 취재 차 찾았던 조선 중기 유학자 류성룡의 14대 종손 류영하 선생 댁의 가양주(집에서 빚은 술) 맛은 지금도 잊을 수가 없다. 종부 최소희 선생이 제사를 지내기 한 달 전부터 빚기 시작하는데 그 맛이 참 절묘하다. 최 씨는 찹쌀로 죽을 끓이고 누룩을 넣어 1차 발효를 시킨 후 며칠 뒤 고두밥을 넣고 다시 발효시킨다. 가양주에 대한 관심도 높아지고 있다. 막

걸리 때문에 '개망신'을 당했지만 우리 술을 안 마실 수는 없다. 우리의
DNA가 콱 박혀있으니!

나를 나답게 하는 이들이었다.
세상살이의 무거움을 핑계 삼아 천박해지는 것을 막아주고,
쓸데없는 소심함에 좌절하지 않도록.

우정의
식탁

아! 살면서 음식들과 맺어온 기억들의 총합이 바로 '나'구나!
걸쭉하게 졸인 코코뱅은 긴 세월 오랫동안 묵은
선배의 진한 우정처럼 맛이 깊었다.
선배 ㄱ은 ㅈ과 ㄴ이 있어서 행복한 사람이다.

오래된
우정의 맛 · 코코뱅

"기자님이 혹시 제가 알고 있는 박미향 씨 맞나요?"

"예전에 동문수학한 그분 맞나요?"

독자들로부터 메일이 날아왔다. 2011년 신년호 현미 다이어트 기사 때문이었다. 기사를 재미있게 구성할 요량으로 아주 오래전 찍은 흐릿한 얼굴사진을 게재한 탓에 도통 알 수 없는 이들로부터 '사람 찾기' 사연들이 몰려들었다. 잊고 지내던 반가운 지인들도 있었고, 나와는 전혀 관계 없는 이들도 있었다. 자신의 기억 속 한 지점에 있었을 어떤 사람을 찾는 것이었다.

살면서 자신이 만났던 수많은 사람들과 맺은 기억이 결국 '나'를 만드는 게 아닐까? 결국 기억의 총합이 '그 사람'이 아닐까! 선배 ㄱ이 고향 친구 ㅈ, ㄴ과 한잔 기울이는 모습을 보면 그런 생각이 더 강해진다. 점잖게만 보였던 선배는 〈말죽거리 잔혹사〉에 등장하는 혈기 왕성하고 장난스런 고등학생으로 금세 변신했다.

예전 한 후배는 원숭이 이론으로 남자의 성장과정을 설명했다. 그의 말에 따르면, 남자 중학생은 그저 유인원이라는 것이다. 유인원은 생각할 수 있는 능력이 조금 생긴, 남성호르몬이 왕성한 짐승(고등학생)의 단계를 지나야 사람이 된다고 했다. 그 단계가 한참 지나 점잖은 신사가 된 선배 ㄱ과 ㅈ, ㄴ이 예전 한때로 돌아가는 모습을 지켜보는 일은 즐겁다. 고향 목포에서 서울로 유학생활을 시작한 20대 초반부터 지금까지 외로운 서울살이를 튼튼하게 지켜준 것은 우정인 듯 보였다. 고등학교 시절 호기심

샹그릴라 와인

으로 500cc 맥주가 무지 많게 느껴졌지만 마셨고(범생이였음에 틀림없다), 까까머리를 맞대고 낄낄거리면서 초절정 인기 잡지《선데이 서울》도 봤던 이들의 추억이 지금 '그들'을 구성하고 있다.

이들의 모임에 다른 후배 한 명과 초청받은 날, 구수한 입담 사이로 고소하고 상큼한 샐러드와 파스타, '코코뱅(coq au vin)'이 식탁 위에 등장했다. 장소는 서울 평창동의 한 소박한 레스토랑 모네.

코코뱅은 그들의 우정처럼 역사가 오래된 프랑스 가정식 요리다. 현대식 가스레인지나 센 화력이 개발되지 않았던 그 옛날 벽난로 등에 냄비를 걸어두고 오랫동안 천천히 끓여 먹은 음식으로, 적포도주에 각종 채소와 향신료를 넣어 졸인 닭고기 요리다. 코코뱅에는 포도주가 한두 병 들어가는데, 적포도주의 질에 따라 맛에 차이가 난다. 프랑스에서는 1990년대부터 '슬로 쿠킹'이 인기를 끌기 시작하면서 전통적인 조리법이 각광을 받기 시작했다고 한다.

며칠 뒤, 프랑스 출장길에 원조 코코뱅을 맛볼 기회가 생겼다. 진한 와인색으로 범벅이 된 닭고기 한 점이 혀에 닿자 강한 와인 향은 온데간데없고 부드러운 고기 맛만 혀에 감겨들었다. 닭고기는 아인슈타인의 실험실에서 극적인 화학작용을 일으킨 것처럼 부드러웠다. 아! 살면서 음식들과 맺어온 기억들의 총합이 바로 '나'구나! 걸쭉하게 졸인 코코뱅은 긴 세월 오랫동안 묵은 선배의 진한 우정처럼 맛이 깊었다. 선배 ㄱ은 ㅈ과 ㄴ이 있어서 행복한 사람이다.

그는 반찬 가짓수가 많은 밥상처럼 다채로운 사람이었다.
그는 음식을 만드는 이들의 노고를 존중하고,
맛집 정보를 탐욕적으로 수집하지 않으며,
맛의 차이를 섬세하게 구별하는 능력을 자랑하지 않았다.

무겁지 않은
진지함을 지닌
'그'를 위한 한 끼 · 훠궈

신호등 앞에 멈춰선 승용차 안은 웃음바다가 됐다. 차 안에는 5명의 《한겨레신문》주말 섹션 esc 창간 멤버가 타고 있었다. 내가 지른 한마디 때문이었다. '던킨 도넛'이라는 말이 나왔어야 했다. 정교한 뇌의 시스템을 건너 튀어나온 단어는 희한했다. 내가 지른 말이 뭐였냐고? '더큰 도넛.' 가장 먼저 평범한 말에서 미세한 위트를 찾아낸 이가 소설가 김중혁이었다. 그가 차 안에 없었다면 웃음바다는 없었을 것이다. 그는 '던킨'이 '더큰'이 되는 순간을 놓치지 않고 멤버들에게 알렸다. 언제나 '더 큰' 먹을거리에 집착하는 욕망이 툭 튀어나온 것처럼 부끄러웠지만 그들의 웃음이 모든 것을 해결했다. 나는 '철없고 귀엽고 말 좀 못하는 동료'가 되었다. 2007년의 일이다.

소설가 김중혁은 당시 기자로 활동했다. 이미 그는 『펭귄 뉴스』 등으로 촉망받는 소설가였다. 누구도 쫓아오기 힘든 상상력, 음악과 그림 등 각종 문화 코드에 대한 산뜻한 식견, 정확한 혀를 가진 요리기자였던 경력 등, 그는 반찬 가짓수가 많은 밥상처럼 다채로운 사람이었다. 그는 음식을 만드는 이들의 노고를 존중하고, 맛집 정보를 탐욕적으로 수집하지 않으며, 맛의 차이를 섬세하게 구별하는 능력을 자랑하지 않았다.

2011년 7월 어느날 그에게서 문자메시지가 왔다. 두 번째 장편소설이 나왔다는 소식이었다. 당장 서점에 달려가 『미스터 모노레일』을 구입했다. 첫 장부터 무릎을 탁 쳤다. 역시 김중혁이었다. 차례와 작가의 말은 구불구불하고 이리 꺾이고 저리 꺾인 '모노레일' 게임 판이었다. 그가 그린 일러스트와 구간마다 적힌 문구도 역시 그의 것이었다.

"승리의 트림은 디저트보다 달콤한 법이지."

음식에 대한 그의 관심은 여전했다. 그런 흔적은 소설 곳곳에 출몰했다. 주인공은 게임을 완성하면서 메밀국수, 즉석낙지볶음밥을 먹고 가상의 모노레일 식탁에는 파스타, 에스카르고(프랑스의 달팽이 요리), 정어리 튀김이 올라왔다. 게임 캐릭터 레드의 직업은 이탈리아 몬탈치노 포도나무에서 찾았다. 등장인물 고우인은 분식점 이름을 '지상에서 천원으로'라고 지어 독자의 웃음을 불렀다. 소설은 어제와 같은 오늘, 오늘과 같은 내일의 지루함을 한방에 날려버릴 정도로 재미있었다.

그와 어디서 밥 한 끼를 먹으며 축하해 줄까? 서울 종로구 통인동에는 마라샹궈●라는 작은 중국집이 있다. 이곳은 중국집의 상식을 깬다. 차림표부터 그렇다. 수십 가지 외우기도 힘든 중국 음식이 즐비하지 않다. 요리는 고작해야 8가지. 카페처럼 아담하고 예쁘다. 차림표 첫장의 '훠궈(火鍋)'는 온탕과 냉탕을 들락거리면서 피부를 당겼다 풀었다 하는 맛을 선물한다. 남녀의 '밀당'이 이와 같지 않을까! 훠궈는 만주와 몽고 유목민에서 유래한 중국식 샤브샤브다. 조조의 아들 조비도 즐겼다는 기록이 있을 만큼 역사가 오래되었다. 청나라 건륭제는 훠궈를 매우 좋아해서 1,550개의 훠궈 솥을 걸어 나눠 먹었다고도 한다. 가장 큰 매력은 두부, 각종 채소, 양고기나 쇠고기 등을 두 가지 버전으로 즐길 수 있다는 것이다. 반드시 그런 것은 아니지만 훠궈는 홍탕과 백탕이 함께 붙어 있다. 홍탕은

10여 가지 약재와 말 그대로 매운맛을 내는 향신료 등을 써서 맵다. 백탕은 닭고기, 돼지 뼈, 오리고기 등으로 우려 담백하다.

이곳 홍탕은 일품이다. 그냥 매운맛이 아니다. 진하게 졸인 캡사이신(고추의 매운맛을 내는 성분)의 은근한 풍미를 온몸에 전달받는 것처럼 '징하게' 맵다. 서서히 달아오르는 피부에는 땀이 방울방울 맺혔다. 문득 '행복'이라는 단어가 떠올랐다. 이것은 『미스터 모노레일』을 읽는 동안 느낀 감정과 비슷했다. 고통이 지구의 밑바닥까지 이어진 것처럼 절망이 침공할 때도 소설은 고상 떨지 않는 낙관과 경쾌한 웃음, 무겁지 않은 진지함을 선사하며 희망을 말했다. 곧 그에게 전화해 약속을 잡으리라!

바쁜 일상은 우리의 우정을 쪼개 놓았다.
ㅇ은 꼭 다시 만나 '나랑 밥'을 먹고 싶다고 했다.
그를 만나면 고등어초회를 먹으리라.
ㅇ은 숙성시간에 따라 단단해지고 고소해지는
고등어초회를 닮았다.

——

단단하고
새콤했던 친구에
대한 보고서 · 고등어초회

친구 ㅇ에 대한 기억 보고서 하나. 대학 4학년 때였다. 밤 11시, 도서관 앞. 키가 155센티미터 정도인 ㅇ의 손에는 제 몸 만한 흰색 곰인형이 들려 있었다. 그를 짝사랑한 남학생이 준 선물이었다. 힘겹게 곰인형을 안고 귀가하는 모습은 위태로워 보였다.

다음날 ㅇ은 놀라운 이야기를 전해 주었다.

"나 때문에 대형 버스사고가 날 뻔했어."

밤 12시, ㅇ이 버스에 올라타자 갑자기 곳곳에서 비명소리가 터져나온 것이다. 커다란 곰인형이 차비를 내고 버스에 올라탔으니 왜 아니겠는가. 곰인형 뒤에 서 있던 ㅇ은 보이지 않았던 것이다.

친구 ㅇ에 대한 기억 보고서 둘. 대학 2학년인지 3학년인지 기억도 가물가물한 시절, 비리 교수 퇴진 투쟁 농성장에서 있었던 일이다. 결연하게 투쟁의 의미와 당위성을 이야기하던 ㅇ은 이상행동을 보이기 시작했다. 목소리가 높아질수록 그의 손은 몸의 이곳저곳을 긁기 시작했다. 화근은 농성장 스티로폼이었다. 눅눅해진 농성장의 스티로폼에는 이인지 벼룩인지 알 수 없는 생물체가 서식하고 있었던 것이다. 세상 모든 투쟁은 탄압을 만나게 마련인가 보다! 이 정체불명의 탄압은 같은 증상의 학우들과 피부과를 방문하면서 사라졌다.

ㅇ은 아무리 큰일이라 해도 일희일비하지 않는 단단한 심지로 20대의 나를 지켜주었다. 그를 마지막으로 본 것은 9년 전 종로 선술집 '육미'에서였다. 우리는 한잔 술을 마신 뒤 헤어졌고, 그 뒤 바쁜 일상은 우리의

우정을 쪼개 놓았다. ㅇ은 꼭 다시 만나 '나랑 밥'을 먹고 싶다고 했다. 그를 만나면 고등어초회를 먹으리라. ㅇ은 숙성시간에 따라 단단해지고 고소해지는 고등어초회를 닮았다.

고등어초회는 소금과 식초에 절인 회로, 숙성시간에 따라 맛이 달라진다. 1시간 숙성을 거친 고등어초회는 몰랑몰랑하고, 24시간 숙성하면 또 다른 맛이 난다. 육질은 단단해지고 삭힌 홍어처럼 독특한 향이 난다. 반짝이는 비늘을 뚫고 고소한 감칠맛이 뇌세포를 콕콕 자극한다. 고등어초회는 쉽게 상하는 고등어의 성질 때문에 요리사의 실력을 가늠할 수 있는 요리이기도 하다. 짠맛, 신맛, 독특한 향이 월드컵 축구공처럼 잘 굴러가야 제대로다. 또 고등어의 선도, 계절, 소금이나 식초의 질 등 세심하게 고려해야 할 점이 많다. 식초는 생선의 비린 맛을 없애고 단맛을 살리는 효과가 있어 특히 중요하다. 생선회에 레몬 등을 뿌리는 것도 같은 효과를 노리는 것이다.

일본식 선술집 주호🍵에선 24시간 숙성한 고등어초회를 맛볼 수 있다. 제주도나 부산 인근에서 잡은 고등어가 재료다.

"일본에는 서너 달 삭힌 것도 있습니다. 고등어를 대나무 잎에 싸서 절구 같은 곳에 밀봉해 연못 등에 담가두지요."

이곳 주인 최수현 씨는 화가다. 그는 1995년 한동안 일본에서 설치미술 작업을 했다. 그때 맛본 고등어초회를 잊을 수 없어 일본으로 다시 건너가 요리를 배웠고, 2003년 부업 삼아 선술집을 열었다.

내 20대를 언니처럼 다독거렸던 ㅇ이 보고 싶다. 바쁜 일상은 그저 핑계일 뿐, 나의 무심함이 우정을 멀리 떠나보냈다.

낯선 이들과의 술자리는 정맥과 동맥을
파르르 떨게 하는 긴장감이 돌게 마련이다.
친해질 요량으로 우스운 농담 하나 던졌다가 반응이 싸늘하면
목 디스크가 재발한 것처럼 경직될 수밖에 없다.
아마 식탁 위에 메밀묵과 술국이 없었다면
스트레스 때문에 뛰쳐나갔을 것이다.

——

음식은 사람을
이어주는
단단한 동아줄 · 메밀묵

"따르릉, 따르릉."

손전화가 울렸다.

"선배, 어디세요? 출출하면 오세요."

후배 ㄱ의 전화였다.

기특하기도 하지! 강원도 인제에서 올라온 것을 어찌 알고 전화를 했을까. 힘겨운 노동을 끝낸 사람에게는 따끈한 방과 지친 심신을 위로해 줄 맛깔스러운 음식이 제일 먼저 떠오르게 마련이다.

후배가 부른 술자리에는 낯선 이들이 많았다. 변호사 ㄱ과 법조출입기자를 했던 ㄱ, 법조출입기자가 될지도 모르는 후배 ㅂ, 다른 신문사 법조출입기자들이었다. 이들의 공통점이라면 바로 법이었다. 이들이 유명한 변호사 ㄱ을 만나는 일은 일의 연속선상이었다. 그런데 어떤 경우에도 해당되지 않는 내가 달려간 이유는 오로지 온돌방의 온기와 우리 음식 때문이었다.

번잡한 종로통 한가운데에 있는 '시골집'은 맛보다 방바닥이 훌륭했다. 앉아 있노라니 서서히 보온병 같은 온기가 방바닥에서 올라왔다. 젓가락을 대기도 전에 기분이 살짝 달아올랐다.

낯선 이들과의 술자리는 정맥과 동맥을 파르르 떨게 하는 긴장감이 돌게 마련이다. 몇 초간 오고가는 눈빛에서 상대방의 품성과 철학을 읽어내야 하고, 관심 분야를 파악한 뒤 적당한 때 내 생각도 이야기해야 한다. 친해질 요량으로 우스운 농담 하나 던졌다가 반응이 싸늘하면 목 디스크가 재발한 것처럼 경직될 수밖에 없다. 그날도 그랬다. 아마 식탁 위에 메밀묵과 술국이 없었다면 스트레스 때문에 뛰쳐나갔을 것이다.

음식은 사람을 이어주는 단단한 동아줄이다. 이 집의 메밀묵은 육수가 잘박하게 들어가서 마치 국 같다. 김 가루, 신 김치, 볶은 고기와 약간의 양념만으로 맛을 냈다. 노인들을 위한 '저녁식사'라도 되는 듯 씹기도 전에 입안에서 몽글몽글 부서졌다.

메밀은 예로부터 우리 식재료로 요긴하게 쓰였다. 냉면도 메밀이 주재료다. 예전 서울사람들은 만두피 재료로 메밀가루를 쓰기도 했다. 메밀은 밀가루보다 점성이 약해 피로 만들면 터지기가 쉽다. 그래서 만드는 데도 고난도의 실력이 필요하고, 먹는 데도 기술이 필요한 게 메밀만두다. 그 옛날 양반네들은 메밀만두를 먹는 모양새로 그 사람의 품위를 가늠하기도 했다고 한다. 메밀로 만든 과자도 있다. 메밀산자는 메밀가루와 밀가루를 반씩 섞어 튀긴 뒤 꿀에 절였다가 고물을 묻혀 낸 것이다. 메밀로 만든 음식은 아무리 많이 먹어도 속이 더부룩하거나 허하지가 않다. 친구는 무릇 이런 사람이어야 하지 않을까!

그날 시골집을 나와 늦은 밤 두 번째로 찾은 곳은 '평화 만들기'라는 술집이었다. 이곳도 안주보다는 술집의 공기를 가득 메운 그윽한 음악이 일품이다. 원로가수 백설희의 노래 〈봄날은 간다〉의 화려한 변신은 삼지창이 박혀 뚫린 심장에서 선홍색 피가 뚝뚝 떨어지고, 폭이 1센티미터도 안 되는 가는 칼로 쭉쭉 살가죽을 찢는 애잔함을 선사한다.

"연분홍 치마가 봄바람에 휘날리더라……."

백설희가 한 곡조 뽑고 나면 이어 조용필, 장사익, 한영애 등 14명의 가수들이 자신들만의 색깔로 〈봄날은 간다〉를 부른다. 가사와 박자는 같은데 완전히 다른 노래다. 주인장이 이 노래들을 모아 한 장의 시디로 만들었다. 맛집이든 술집이든 때로 주 메뉴보다 반찬이 그 집을 살려주기도 한다.

스바루 모리소바

O과 나의 공통점은 술자리에 대한 집요한 추적과
알코올에 대한 과도한 애정,
흥건한 취기에 대한 식을 줄 모르는 열정이다.
우리는 한잔 술에 '소오강호' 노래를 외치는 인생들이다.

———

잘난 정치
따위는
몰라도 그만 · 쇠고기수육

1990년 민중당이 창당되었다. ㅇ은 대학 1학년생이었다. 그는 바람 부는 종로거리로 달려가서 창당 포스터를 붙였다. 포스터의 무게가 가벼워질 때쯤 교정에는 어둠이 깔리기 시작했다. 그날은 그가 선거운동을 폈던 선배가 과 학생회 회장으로 선출된 날이었다. 그는 축하연 장소가 적혀 있는 학생회로 신나게 달려갔다. 밤 11시, 문과대는 굳게 잠겨 있었다. 손전화도 없던 시절이었다. 야속하기만 한 그는 결단을 내렸다. 문과대 옆벽에 달린 긴 통을 기어 올라가기 시작했다. 타잔이 따로 없었다. 양팔과 양다리를 벌려 올라가는 통에 고통이 밀려왔지만 2층에 살짝 열린 문이 바로 코앞이었다. 인간이 아무리 유인원과 닮아도 같을 수는 없나 보다. 뚝! ㅇ은 떨어지고 말았다.

ㅇ과 나의 공통점은 술자리에 대한 집요한 추적과 알코올에 대한 과도한 애정, 흥건한 취기에 대한 식을 줄 모르는 열정이다. 우리는 한잔 술에 '소오강호' 노래를 외치는 인생들이다. 하지만 정작 내가 그를 좋아하는 이유는 품성 때문이다. 세속의 기준에 무심하고, 느리게 가는 자신만의 철학이 있다. 그는 몇 년 전 벤처회사를 창업한 선배의 '꼬드김'에 이직을 했다. 회사는 어려웠다. 그는 당시 소위 인력시장에서 상종가였다. 실력과 겸손, 인간에 대한 예의를 갖춘 자존감이 탄탄한 사람이었다. 여러 곳에서 스카우트 제의를 받았지만 그는 단호하게 싫다고 하며 물리쳤다. 선배에 대한 의리였다. 최근 그의 의리가 승리했다. 회사가 업계에서 자리를 잡아가고 있기 때문이다.

한동안 고생한 그를 위해 보양식을 준비했다. 경복궁 뒤 '백송'은 30년이 넘는 집이다. 아늑한 한옥과 폭신한 방석, 구수한 수육과 설렁탕이 인기다. '백송'의 쇠고기수육에는 도가니, 꼬리, 우족, 살코기 등 여러 가지가 사골육수에 담겨 나온다. 수육은 고기를 푹 익혀 물을 뺀 것이다. 숙육이라고도 한다. '백송'은 '이문설렁탕', '하동관', '대성집' 등과 어깨를 나란히 하는 집이다.

한 젓가락 뜨는데, ○이 한마디 했다.

"앗, 보기 싫은 사람이 걸렸네. 술맛 떨어지는데요."

그가 싫어하는 정치인의 사진이 방 한쪽에 떡하니 걸려 있었다. 나 역시 같은 심정이었다. 음식점은 맛만으로 승부할 수 없다는 점을 또다시 절감한다. 수육의 국물은 졸아들고 있었지만 젓가락이 더는 움직이지 않았다. 후회가 밀려왔다. 광장시장의 맛 골목을 좋아하고 어색한 포크질보다는 낡고 휘어진 수저로 휘휘 젓는 국밥을 더 좋아하는 그를 어쩌자고 정치인들이 자주 찾는 곳으로 모셨을까!

"와비사비를 갔어야 했는데……."

거기라면 더 흥겹게 한잔 술을 나눌 수 있었을 텐데. 와비사비는 서교동 산울림소극장 근처에 있는 허름하고 소박한 일본식 선술집이다. 의자는 모서리가 부서지고 벽은 집수리가 덜 끝난 것처럼 어수룩한 곳, 그곳의 '명란밥'은 입안에서 폭죽이 터지듯 한 식감을 선물한다. 짠 듯 단 젊음의 맛을 선사하는 그곳, 그날 그곳을 갔어야 했다. ○, 미안하이!

"파스타가 꽤 맛있다고 해요. 꼭 한번 가보세요."
말실수의 달인 ㅈ이 추천했다. 잔잔한 대화는
박장대소 실수담과 함께 맛있게, 신선하게 익어갔다.

———

박장대소 실수담과
함께 익어가는 밤 · 파스타

이야기 하나. 장소는 여자고등학교 교실이다. 수업이 중반을 달려갈 때쯤 ス은 목이 너무 아팠다. 고통은 점점 심해졌다. 그는 손을 번쩍 들었다. 다른 손으로 목을 부여잡고 아픈 동작을 반복하면서 외쳤다.

"선생님 성기가 아파요!"

헉! 말이 잘못 나왔다. '성대'가 '성기'로 둔갑해서 나온 것이다. 선생님 얼굴은 빨개졌고 교실은 웃음바다로 변했다.

이야기 둘. 장소는 거실이다. ス은 오빠와 토론을 벌이고 있었다. 복잡한 수학공식에 대해 심오한 대화를 나누고 있었다.

"알고리즘이란 말이야……."

오빠는 다양한 예를 들어 설명하고 있었다. ス도 자신의 생각을 말했다.

"그런데 오빠 오르가슴이란 말이야!"

헉, 또 잘못된 단어가 튀어나왔다. '알고리즘'이 '오르가슴'으로 탈바꿈했다. ス은 머쓱해지고, 그의 오빠는 말문이 막혔다.

필리핀 세부 올랑고섬에서 ス의 엉뚱한 실수담을 들었다. ス은 올랑고섬 출장길에서 만났다. 한 여성지 기자인 ス은 취재를 위해 우리 일행에 합류했다. 그의 외모는 최고의 반전이었다. ス은 말실수라고는 할 것 같지 않는 '철저한' 외모를 가지고 있었다. 마른 체형, 똑 부러진 말투, 지적인 얼굴 등…….

피부가 잘 구운 감자껍질처럼 벗겨진다고 해도 놓칠 수 없는 세부의 바닷바람, 경쾌한 리듬에 맞춰 모래를 밀어내는 짙푸른 파도는 낯설었던

우리를 하나로 묶어주었다. 필리핀 바다 음식도 한몫을 했다.

참치, 조개 등을 넣고 끓인 생선국은 바닷물을 육수로 쓴 것처럼 독특한 짠맛을 냈다. 잡은 지 얼마 되지 않은 생선은 팔뚝만 했다. 직선으로 쭉 뻗은 젓가락으로 이리저리 헤집을 때마다 흰색 살점은 산산이 부서져 입으로 들어왔다. 필리핀 감자칩은 기름종이만큼이나 얇아 우리네 인생처럼 자칫 잘못 한눈팔다간 한순간에 산산이 부서져버린다. 필리핀 음식은 생강이 많이 들어간다. 둥포러우(동파육)처럼 두툼하게 간을 한 돼지고기 요리도 식탁에 빠지지 않는다.

바스락바스락, 밤의 소리가 깊어질 때까지 이야기는 계속되었다.

"건대 앞 특이한 포장마차 알아요?"

그가 툭 던졌다. 소년상회● 이야기다. 소년상회는 서울 지하철 2 · 7호선 건대입구역 광진문화예술회관 근처에 있는 포장마차 이름이다.

비행기로 4시간이 넘는 세부에서 해풍 같은 여인네들이 주제로 삼을 만큼 소년상회는 독특한 곳이었다. 치킨올리오, 커리올리오 등의 파스타와 서양 음식 때문이다. 허름한 포장마차와도 뜻밖에 잘 어울렸다. 유명 레스토랑의 파스타와 별반 다르지 않은 푸드스타일링도 특징이라면 특징이었다. 주인 채낙영 셰프는 조리학과를 졸업하고 짧은 현장 경험을 쌓은 뒤 소년상회를 열었다. 〈쿠캔〉 등 요리 전문지에 소개가 되고 조금씩 입소문도 났다. 또 드라마 〈막돼먹은 영애씨〉 시즌 9에 포장마차가 통째로 출연하기도 했다.

채씨는 단지 재미있을 것 같아서 파스타 포장마차를 열었다고 했다. 파스타를 뺀 메인 요리는 매달 바뀌고 오일과 쫄깃한 닭고기로 만든 치킨 올리오는 이곳의 최고 인기 메뉴다. 채씨의 꿈은 자신의 레스토랑을 언젠가 여는 것! 2012년 8월 1일 포장마차에서 걸어서 5분 거리에 오랜 숙원 사업이었던 자신의 가게를 열었다.

"파스타가 꽤 맛있다고 해요. 꼭 한번 가보세요."

말실수의 달인 ㅈ이 추천했다. 잔잔한 대화는 박장대소 실수담과 함께 맛있게, 신선하게 익어갔다.

필리핀 올랑고섬에서 만난 아이

평생 곁에서 우정을 쌓고 지낼 줄 알았던
친구가 느닷없이 사라져버렸다.
장희빈의 탕약이 그와 '밥 한 끼' 못 먹은 비애감과 같을까.
해마다 이별한 날이 돌아오면 '밥' 생각이 난다.
밥 한 끼 먹여 보내야 했는데!

담담한 사찰음식
같은 친구와
이별하다 · 사찰음식

그가 떠났다. 나는 떠나는 그의 뒷모습을 보지 못했다. 그저 "밥 한 끼 먹자"는 소리가 이별을 고하는 소리인지 몰랐다. ㅇ은 한국을 떠나는 자신의 선택을 친구들에게 알리지 않았다. 그가 떠났다는 소리에 심장이 덜컹 내려앉았다.

평생 곁에서 우정을 쌓고 지낼 줄 알았던 친구가 느닷없이 사라져버렸다. 장희빈의 탕약이 그와 '밥 한 끼' 못 먹은 비애감과 같을까. 그는 차가운 껍질을 벗기고 나면 따스한 감촉을 선물하는 멍게와도 같다. 차가운 머리, 따스한 심장을 가진 이다. 나 같은 사람이 감히 접근할 수 없는 인간성을 가진 그! 인생의 고비 때마다 그의 선택은 언제나 놀라웠다. 이번에도 역시 그랬다.

그는 결혼할 때 아내와 한 가지 약속을 했다. 아내가 언젠가 자신의 일에 매진해야 할 때가 오면 자신이 가정살림을 하고, 아이들을 키워주기로. 그때가 오고 만 것이다. 그는 그럴싸한 회사를 그만두었다. 친구들은 ㅇ만이 할 수 있는 일이라고 했다. 아내는 싱가포르에서 일을 시작했다.

벌써 두 해 전 일이다. 들리는 소식에 그는 캐나다로 옮겼고 아내는 그곳에서 대학교수가 되었다고 한다. 그는 아이들을 돌보면서 MBA 과정을 마쳤고 새로운 일을 구상 중이란다.

해마다 그와 이별한 날이 돌아오면 '밥' 생각이 난다. 밥 한 끼 먹여 보내야 했는데! 거창한 프렌치 레스토랑에서 온갖 기교로 포장한 섬세한 '밥', 밥 사이에 틈을 만들어 부드러움을 더하고 큰 생선조각을 얹은 초밥

장인의 '밥'이 아니다. 돈만 있으면 선물할 수 있는 '밥'은 안 된다.

성북구의 작은 암자에 있는 비구니 스님의 사찰음식이라면 모를까. 집 된장으로 무친 나물은 신혼집의 안방처럼 고소한 향을 내고, 배와 갯나물을 함께 버무린 무침은 알싸하니 봄날 낭만을 안겨주는 음식.

사찰음식이 '핫(hot)한 요리 아이템'으로 떠오른 지는 꽤 되었다. 그런데도 인기는 사그라질 줄 모른다. 당연하다. 건강에 대한 관심이 커질수록 담백한 사찰음식은 빛을 뿜는다. 사찰음식으로 유명한 스님들은 스타 못지않게 유명세를 떨치고 있다. 이런 스님들의 활약상은 대단하다. 하지만 암자의 ㅎ스님은 나서기를 싫어한다. 공양간에서 음식을 만들고 있으면 불자들이 한마디씩 한다.

"스님 솜씨가 너무 아깝습니다. 책도 내고 방송도 하세요."

그는 자신의 길을 갈 뿐이다. ㅇ과 닮았다. 그분의 맛을 ㅇ에게 선물하고 싶다. ㅎ스님의 손맛은 지금도 잊을 수가 없다. 당시 작은 그릇에 담긴 반찬들과 밥을 남김없이 비웠다. 제사상이라고 받아본 적 없는 귀신마냥 게걸스럽게 말이다. 스님은 세속에 몸도 마음도 허기진 나를 애처롭게 바라봤었다. 스님의 시선 따위에 신경 쓸 틈이 없었다. 담백한 맛이 온몸을 거머쥐고 흔들었다.

우리나라에서만 맛볼 수 있는 음식이 사찰음식이다. 오신채(파, 마늘, 달래, 부추, 흥거)를 사용하지 않는 것은 상식이다. 양념은 주로 자연에서 얻은 재료로 낸다. 짠맛은 장으로, 단맛은 꿀이나 홍시로 낸다.

그저 소박하기만 할 것 같은 사찰음식도 엄청난 전성기가 있었다. 불교가 흥했던 고려시대 중반에는 임금도 고기를 먹지 않았다. 사찰음식은 일반음식보다 더 화려했다. 사찰마다 소문난 맛 솜씨가 있다. 지리산 대원사는 초피잎장아찌와 머위장아찌, 문경 김룡사는 가죽장아찌 등.

그가 돌아올까? 그가 돌아오면 그와 그의 아내를 차에 태워 전국 사찰음식을 여행해 볼 생각이다. 우리 가족도 함께. 하지만 손에서 떨어뜨린 공을 다시 잡을 수 있던가, 떠나보낸 첫사랑을 다시 찾을 있던가, 쏟아버린 밥을 주워 담을 수 있던가, 우리 모두 안다. 그럴 수 없다는 것을! 그래서 결국 '지금'을 꼭 부여잡고 놓치지 말아야한다.

이 파수꾼들과 늙어 죽을 때까지
술 마시면서 살 거라는 사실만은 분명했다.
그날 밤, 우리의 우정을 딱딱한 게껍데기만큼
단단하게 만든 것은 차돌박이였다.

———

나를 지켜주는 이들과
고기 굽는 밤,
행복이 익어가네 · 차돌박이

구수한 공기를 뚫고 눈이 마주친다. 배우 강혜정이다. 그는 고깃집 맞은편 식탁에 앉아 있었다. 남편 타블로와 외국인 친구들, 음악인으로 추정되는 이들도 보였다. 그는 뽀얀 연기가 레드 카펫의 팡파르처럼 보일 정도로 눈부시게 아름다웠다. 오래전 일이다.

"안녕, 오랜만!"

교정에서 잘생긴 한 남자에게 인사한 적이 있다.

"네, 네, 좀 그렇죠."

그는 햇살 같은 웃음을 보여주었다. 멀리서 과 친구가 달려왔다.

"너, 배우 이민우랑 아는 사이야? 나도 소개시켜 줘."

앗! 그때야 알았다. 그저 낯이 익어 같은 과 선후배이거니 생각한 것이다. 그를 정확히 알아보지 못한 점에서 나 역시 그를 안다고 할 수 없다. 그때부터 '매우 아름다운 이'를 만나면 배우인지 지인인지 먼저 점검부터 한다. 그날 만난 강혜정을 사람들은 가만히 두지 않았다.

"같이 사진 찍어요."

그는 거절하지 않았다. 그는 안다. 그를 지켜주는 게 팬들이라는 걸!

그날 나를 지켜주는 이들과 차돌박이를 구웠다. 선배 ㅇ, ㅊ, 그리고 후배이자 친구인 ㅇ이 곁에 있었다. 나를 나답게 하는 이들이었다. 세상살이의 무거움을 핑계 삼아 천박해지는 것을 막아주고, 쓸데없는 소심함에 좌절하지 않도록 격려해 주는 이들이었다. 별것 아닌 내 이야기에 마냥 박장대소 웃어주는 ㅇ, 보잘것없는 작은 내 성과에도 자신의 일처럼 기뻐하고 자랑질해 주는 ㅊ, 사소한 고민이라도 생겨 달려가면 언제나 명쾌한 해답을 주는 유쾌한 ㅇ. 내가 그들에게 주는 것은 별로 없지만, 가족만큼 진심으로 사랑한다는 사실, 이 마음만은 변하지 않을 거라는 사실, 이 파수꾼들과 늙어 죽을 때까지 술 마시면서 살 거라는 사실만은 분명했다. 그날 밤, 우리의 우정을 딱딱한 게껍데기만큼 단단하게 만든 것은 용산 녹사평역 부근 한 고깃집의 차돌박이였다.

차돌박이는 소의 양지머리에 붙은 단단하고 기름진 부위다. 그래서 '차돌양지'라고도 부른다. 국거리용으로 주로 쓰는 양지머리와는 다른데, 돼지고기로 치면 삼겹살이다. 700킬로그램 소 한 마리를 잡으면 6킬로그램 정도가 차돌박이라고 한다.

차돌박이는 왜 얇게 잘라 먹는 걸까? 등심처럼 덩어리째 구워 먹으면 질기기 때문이다. 쇠고기전문유통업체 관계자는 0.2밀리미터 정도가 적당하다고 했다. 삼겹살처럼 선홍빛 강한 붉은 살과 설탕처럼 흰 지방이 경주트랙처럼 엮여 있는 것이 좋다. 차돌박이야말로 굽는 이의 빠른 손놀림이 중요한 고기다. 그날, 나는 나의 파수꾼들을 위해 번개 같은 속도로 고기를 구웠다. 이를 꽉 깨무는 재미와 혀를 달구는 촉각과 목을 타고 넘어가는 기쁜 체념을 신물하고 싶었던 것이다.

이 집이 문을 연 건 8년 전이다. 고깃집이 파스타집처럼 예쁜 벽돌로 치장해서 유명하다. 몇 년 전 인근에 2호집도 열었다. 이상하게도 2호집은 본점과 주인도 같고 같은 고기에, 인테리어도 비슷한데 '먹는 맛'은 같

지 않다. 늘어난 식탁만큼 서비스가 못 따라가서일까? 알 수 없는 일이
다. 맛집을 지켜주는 것은 손님이다. 그 집을 그 집답게 하는 이들이다.
멀리서 반짝이는 여배우와 파수꾼들, 고깃살 타는 냄새가 고깃집 창을 치
는 빗소리를 재웠다.

　최근 후배이자 친구인 ㅇ은 그동안 해온 일을 버리고 새로운 길에 들
어선다. "정의의 물결 넘치는 꿈"(노래를 찾는 사람들의 노래 〈그날이 오면〉의
가사)을 위해서다. 걱정스러운 마음에 심장이 콩닥콩닥 뛴다. 그 길에서
행여 상처 입을까, 다칠까 걱정이다. 유재하의 노래 〈가리워진 길〉을 들
으면서 애써 마음 추스르고 ㅇ에게 힘이 되어주어야겠다고 다짐한다.

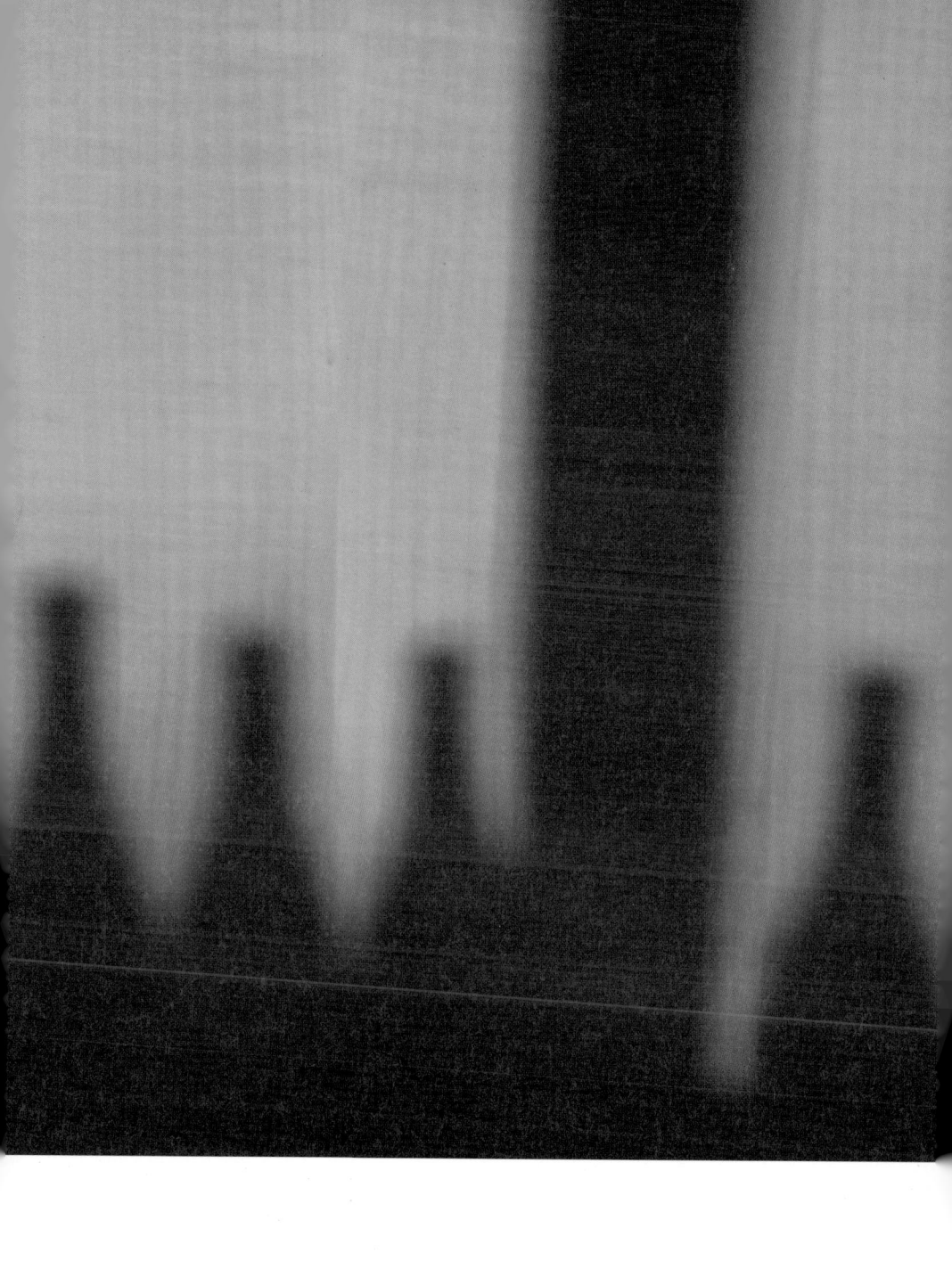

양이나 대창은 남자들이 좋아하는 먹을거리일까?
이곳을 추천해 준 친구도 남자였다.
그는 내 또래에서 보기 드물게 180센티미터가 넘는
키에 수려한 외모를 자랑했다. 게다가 스마트하기까지 했다.

나의 특별하고
스마트한
맛집 취재원 · 곱창

"양이랑 대창 좋아해서 자주 다녔는데 이 집 정말 맛있다."

시끌벅적한 곱창집 한 귀퉁이에서 터지는 탄성. 남자 후배 ㅇ과 남자 선배 ㅊ은 감탄사를 질러댔다. 이들이 괴성을 터뜨릴 때 여자 후배 ㄱ과 ㅁ은 침묵으로 일관했다. 자리를 떠날 때까지 아무 말도 하지 않았다.

양이나 대창은 남자들이 좋아하는 먹을거리일까? 이곳을 추천해 준 친구도 남자였다. 그는 내 또래에서 보기 드물게 180센티미터가 넘는 키에 수려한 외모를 자랑했다. 게다가 스마트하기까지 했다. 그와 나와의 인연은 대학 1학년 때로 거슬러 올라간다. 같은 학교 학생도, 그 흔한 연합서클 친구도 아니었다. 어쩌다 알게 된 사이였지만 지금까지 연락하고 지낸다. 희한한 것은 만나지는 않는다는 사실이다. 그저 전화로 안부를 물을 뿐이다. 어찌 보면 소원한 관계인데, 수화기 너머로 들려오는 경상도 사투리는 정겹다. 금세 세상살이 빗장을 풀게 한다. 우리의 우정은 튼튼하다.

긴 세월 우정을 지켜준 것은 그에 대한 두 가지 기억 때문이다. 첫 번째가 미팅이다. 우리는 주선자였다. 죽 같은 옥수수 수프가 나오고 동그랑땡처럼 뭉친 고깃덩어리가 양식이랍시고 나오던 시절에 어수룩해 보이는 남녀를 이어주었다. 떨리는 손으로 '칼질'도 제대로 못하는 '애들' 사이에서 광대짓을 하며 분위기를 띄웠다. 임무를 완수하고 나왔을 때 뿌듯함이란! 두 번째 기억은 그의 여자친구들에 관한 것이다. 그는 철학이 분명하고 넉넉한 마음을 가진 처자들과 사랑을 했다. 좋아 보였다. 마른 체형, 큼직한 눈, 긴 생머리, 청순가련을 넘어 청승미련해 보이는 여자들만

죽도록 쫓아다니는 또래의 남학생들과는 달라 보였다.

이제 그는 나의 중요한 맛집 취재원 중에 하나다.

"이 집 진짜 맛있데이. 함 가봐라. 니 팔자가 상팔자다."

그가 알려준 신당양곱창🍲은 1990년부터 신당동에 자리 잡고 있던 맛집이다. 2010년도에 여의도로 이사를 왔고, 주 메뉴는 한우의 양과 대창, 곱창이다. 양은 소의 위다. 주인 정주왕 씨는 "우리 집 양은 소를 100마리 잡았을 때 5마리 정도에서만 나오는 두꺼운 거야"라고 넌지시 말했다. 정씨는 아침마다 마장동에 가서 직접 가지고 와 손질을 한다고 했다. 마치 초밥을 빚듯 찬물에 손을 담가 체온이 고기에 전달되지 않도록 세심하게 벗긴다는 것이다.

정씨는 익히지 않은 양을 소금과 함께 내오며 말했다.

"니, 함 묵어봐라. 양을 회로 주는 데는 우리 집밖에 없을끼다. 이래 자신 있는 기다."

차림표에는 없지만 손님이 주문하면 냉큼 잘라 내온다고 말했다. 양은 오래 구울수록 질겨지므로 살짝 익혀야 부드러움을 맛볼 수 있다는 말도 덧붙였다. 소 1마리를 잡으면 약 12킬로그램의 곱창과 3킬로그램의 대창이 나오는데, 양은 그보다 훨씬 더 적다. 이런 부산물은 노폐물이 많아서 잡자마자 빨리 먹을수록 좋다.

인간은 참 징그러운 동물이다. 소를 '살아 있는 고기 통조림'이라고 불렀다고 한다. 우리는 정말 아낌없이 먹는다.

O은 나보다 어리지만 십년지기 친구다.
10년 전, 그의 반짝이는 명석함과 유쾌함, 지나치게 예의바름에 놀랐었다.
동료들은 그를 '이 지구에서 가장 예의바른 기자'라고 불렀다.

———

지구상에서
가장 예의바른 기자가
준 술 해독제 · 양꼬치

저녁 7시30분, 해가 진 영등포 뒷골목은 술꾼들로 채워지기 시작했다. 딸그랑, 문을 열고 들어간 경성양꼬치는 아직 빈자리가 많았다. 안쪽에 ㅇ이 앉아 있었다. 곧이어 친구들이 하나 둘씩 도착했다. ㅇ은 나보다 어리지만 십년지기 친구다. 10년 전, 그의 반짝이는 명석함과 유쾌함, 지나치게 예의바름에 놀랐었다. 동료들은 그를 '이 지구에서 가장 예의바른 기자'라고 불렀다.

그는 넉넉하지 않은 가정형편을 부러 숨기거나 과장하지 않았다. 사람들을 대할 때도 담백했다. 하지만 기자생활은 오래 하지 않았다.

"기자가 안 맞아요."

그는 미련 없이 떠났고, 한의대를 입학해서 2010년에 의사가 되었다.

양꼬치집 연기 사이로 그의 얼굴이 해맑게 빛났다. 만나자마자 진맥을 하겠다며 손목을 잡는다. 그는 음주귀신인 나의 간부터 걱정한다. 가방에서 작은 알약 한 통을 꺼내 건네며 말했다.

"녹색 부분은 술 먹기 전에, 파란색 부분은 술 먹은 후에 드세요."

아끼는 후배지만 선뜻 받을 수가 없다. 왜냐하면 고통스러운 기억 때문이다. 그는 학생일 때 내게 찾아와 "선배, 요즘도 음주 많이 하시죠?"라고 묻고는 선물로 탕약을 건네주었다. 나는 겁도 없이 날름 받아먹었다. 그는 주기적으로 몸의 반응에 대해 질문을 해왔다. 문제는 약을 먹고 난 뒤였다. 오히려 몸이 시름시름 아프기 시작했다. 나중에 안 일이지만 그 탕약은 '인진오령산'이고 한동안 그렇게 아픈 뒤에 효과가 있는 약이었다.

하지만 실험용 쥐가 된 기분은 당해 본 사람만이 안다. 비슷한 상황이 내게도 벌어졌다. 알약은 그가 해독제로 개발한 것이라고 했다. 알약을 먹네, 마네 하는 동안 지글지글 양갈비가 익어갔다.

양고기는 원래 조금 질기다고 알려져 있다. 털을 깎고 남은 늙은 몸이 식용이 되기 때문이다. 암양과 거세한 숫양, 어린양은 그나마 연한 편이다. 특히 램(lamb, 1년 이하 어린양)은 연하고 특유의 노린내도 없다.

1980년대 식품사를 저술한 이성우 전 한양대학교 식품영양학과 교수는 자신의 저서에서 '특유의 노린내는 교미기의 발정 난 숫양에서 나는 것이고 카프랄산, 펠라르곤산' 때문이라고 기록했다. 그야말로 '남자 냄새'인 셈이다. 오빠의 냄새, 옆집 노총각 냄새란 소리다. 1978년 1월 18일자 《경향신문》에는 재미있는 기사가 있다. 양고기를 요리할 때는 냄새가 문제라는 기사였다. 양고기는 주로 오스트레일리아와 뉴질랜드산이 많다.

경성양꼬치도 호주산 양고기를 쓴다. 양꼬치구이집은 서울 가리봉동이나 연남동, 신설동, 자양동 등지에 많다. 한국에 일하러 온 중국인들이나 조선족들의 단골집들이다. 값도 싸고 독특한 느낌이 매력이다. 경성양꼬치는 그 집들보다는 정돈된 분위기인 데다 생고기가 나오는 점이 다르다. 대부분의 양꼬치집들은 양념에 재우거나 양념을 바른 고기가 나온다. 주인 이웅호 씨는 "재우는 식은 연변식이고 베이징식은 생고기가 나와요."라고 귀띔했다.

그날 나는 결국 알약을 삼켰다. ㅇ도 먹는다고 하니, 나로서는 마다할
이유가 없었다. 해독제란다. 내 간은 행복하다.

잘 익은 스테이크를 쓱쓱 썰어
남자친구를 포근하게 안아주듯이 루콜라로 쌌다.
한 입 '쏙' 검붉게 뿌려진 소스는
입맞춤 뒤 심장으로 떨어지는 떨림과도 같았다.

사랑의
식탁

따르고 싶은 선배 같은 후배 ㅂ은 청국장과 나물을 좋아한다.
두 가지만 있으면 밥 열 공기는 가볍게 해치운다.
건강한 먹을거리 나물은 ㅂ과 닮았다.
음식은 사람의 성정과 품성을 그대로 드러내기도 한다.

———

살큼 데쳐진
나물 같은
고소한 사랑 · 나물요리

살면서 수많은 사람을 만난다. 그들 중 스승으로 모시고 싶을 만큼 건강한 사람이 있다면 정말 기쁘다. 후배 ㅂ은 내게 그런 이다. ㅂ은 인생의 고비마다 자신을 믿고 단호한 선택을 했다. 결과는 훌륭했다. 어느 날 다니는 금융회사를 그만두고 대학에 다시 공부를 시작했을 때도 그런 이유 때문에 세속적인 걱정은 하지 않았다.

그는 졸업하고 교사로 부임한 한 전문계 고등학교에서 "애들이 대사나 외우겠어?"라는 조롱을 들으면서 연극반을 만들었다. 한 번도 칭찬을 듣거나 인정을 받아본 적이 없는 아이들과 대사를 읽고 몸동작을 연습하고 공연을 했다. 아이들은 생애 처음으로 상이라는 것을 타고 사람들로부터 박수를 받았다.

"연극반을 하고 1년 뒤 아이들이 참 많이 변했어요. 자부심 같은 것이 보였어요."

그는 행복하게 사는 법을 학교에서 배운 적이 없다고 했다. 아이들에게 가르치고 싶었던 것은 바로 그것이었다. 그의 삶은 열정적이다.

몇 년 전 내게 연애상담을 했을 때도 '역시 ㅂ이군'이라는 생각이 들었다. 그의 남친은 그보다 무려 아홉 살이나 어렸다. 두세 살 연하남과의 연애는 요즘 흔하지만 데미 무어도 아닌데 아홉 살 아래라니! 용감하고 당당한 ㅂ도 연하남의 고백을 받았을 때 고민이 컸다고 했다. 당시 서른네 살의 처자는 결혼을 생각해야 했고, 행여 '나이 많은 여자가 어린 남자라니' 하는 소리를 듣게 될까 걱정스러웠다.

"지금 좋은데, 결혼 안 하면 어때."

그는 마음 가는 대로 연애를 시작했다. 나를 찾아왔을 때 ㅂ의 고민은 이별이었다. 연애한 지 2년 만에 둘은 헤어졌다. 바위만큼 단단한 관습 때문이었다. 고통이 컸고 나의 위로는 소용이 없었다.

이 연애는 결국 어떻게 되었을까? 후배는 헤어진 지 석 달 만에 달려온 남친과 다시 만나 결혼하고 최근에 예쁜 아기도 낳았다. 시가에는 두 살 차이라는 귀여운 거짓말을 하고. 요즘 연극을 통한 치유 프로그램에도 관심을 가지고 공부 중이다.

따르고 싶은 선배 같은 후배 ㅂ은 청국장과 나물을 좋아한다. 두 가지만 있으면 밥 열 공기는 가볍게 해치운다. 건강한 먹을거리 나물은 ㅂ과 닮았다. 음식은 사람의 성정과 품성을 그대로 드러내기도 한다.

나물요리는 우리나라에서만 찾아볼 수 있는 음식이다. 『증보산림경제』 (1766년) 6권에 '여러 가지 나물은 독이 없으니 먹어도 좋다'라는 기록이 있을 정도로 우리 식탁과 가깝다. 밥상차림의 기본인 3첩 반상에도 김치, 생채와 함께 나물이 들어간다. 조선시대 맛객인 『도문대작』의 저자 허균은 귀양지에서 양식이 떨어지면 돌미나리, 쇠비름으로 배를 채웠다. 나물은 햇볕에 말렸다가 불려 삶아 무치면 더 고소하다. 나물마다 다르긴 하지만. 천천히 씹어 먹어야 그 향과 식감을 제대로 느낄 수 있다.

ㅂ이 산후조리를 끝내면 봄 냄새 한가득 핀 나물요리를 먹으면서 오순도순 이야기꽃을 피우리라. 건강한 나물요리가 있는 맛집들이 계속 늘고

있다. 서울시 종로구 삼청동에 있는 산에 나물은 생긴 지 7년 되었다. 이름처럼 산에 가야 먹을 법한 나물들이 9~10가지 나온다. 값이 조금 비싼 게 흠이지만 맛나다. 나물은 무한 리필된다.

치익~ 돼지고기의 기름이 뚝뚝 석쇠 아래로
떨어질 때마다 이야기의 농도는 진해졌다.
숯불구이는 이 맛이다. 짙어지는 사랑이야기 같은 맛!

숯불구이
연기 속에 익어가는
애정사 · 숯불구이

여름날 아스팔트에 어둠이 내리면 두근거림이 슬며시 고개를 든다. 아련한 향수 같은 게 밀려오면 흰소리를 마구 질러도 허허 웃어줄 친구가 필요하다.

더운 여름날이었다. 서울의 한 고깃집에 친구들이 뭉쳤다. 40대 중반의 ㄱ, 이제 40대 초반에 들어선 ㄴ과 ㄷ, 아직도 싱그러운 미모를 자랑하는 30대 ㄹ. 남자 둘과 여자 셋이 뭉쳤다. ㄱ은 자신의 분야에서 성공한 여자였다. 한길을 당당하게 걸어온 이만이 가질 수 있는 넉넉한 웃음이 그의 얼굴에 화사하게 번졌다. ㄴ은 멋쟁이다. 헌팅캡이 이 남자보다 잘 어울리는 사람은 보지 못했다. 낮에는 회사원, 밤에는 요리 블로거로 활동하다가 아예 식품외식업체로 이직을 했다. ㄷ은 세상을 주유하는 별 같은 사람이다. 알래스카부터 브라질까지 안 가본 곳이 없다. 늘 그의 몸에는 여행지의 이야기를 적은 수첩과 카메라가 붙어 있다. ㄹ은 외국계 회사를 다닌다. 언제나 정도를 지키는, 절제된 미모가 매력인 여성이다.

그날 우리들을 엮어준 것은 '사랑'과 '돼지고기'였다. ㄱ은 결혼한 지 15년도 넘었다. 중국에서 사업을 하는 남편은 1년에 한두 번 본다. 그래도 여전히 그를 사랑한다고 애교를 부린다. '꽉' 돼지고기를 깨무는 입술은 고혹적이다. ㄴ은 끊임없이 연인을 찾아 헤매지만 나이가 들수록 '선택지'가 줄어들어 연애가 쉽지 않다고 불평이다. 그 외로움을 고기 한 점으로 메운다. ㄷ은 여행을 하지 않을 때는 아내를 신처럼 모신다. 애처가다. ㄹ은 결혼한 지 이제 고작 5년째. 남편은 아직도 자신을 사랑하는지

말해 달라고 보챈단다. 헉! 그게 가능한 일일까!

치익~ 돼지고기의 기름이 뚝뚝 석쇠 아래로 떨어질 때마다 이야기의 농도는 진해졌다. 숯불구이는 이 맛이다. 짙어지는 사랑이야기 같은 맛! 떨어지는 기름 때문에 연기가 피어오르면 고기 맛이 더 좋아진다. 고기는 숯향을 걸치고 에로틱하게 몸을 꼰다. 돼지고기가 없었다면 각자의 애정사는 그저 그런 불평에 지나지 않았을 것이다. 뱃속을 든든하게 채우자 각자의 사랑이 얼마나 소중한 것인지 깨닫는다.

돼지고기야말로 우리나라 사람들이 가장 사랑하는 식재료다. 예로부터 소는 밭을 갈고, 닭은 알을 낳았다. 부담 없는 가축이 돼지였다. 하지만 우리 조상들은 지금만큼 돼지고기를 많이 먹지는 않은 듯하다. 『태종실록』에는 "명나라 황제가 말하길, '조선 사람은 돼지고기를 먹지 않는다. 사신들에게 쇠고기나 양고기를 주라'고 했다"라는 기록이 남아 있는 걸 보면 말이다. 하지만 『규합총서』에는 돼지고기 요리법이 등장한다. 하지만 그리 즐기지 않는 정도였던 것 같다.

전라도에는 향토음식으로 '애저찜'이 있었다. (지금도 하는 곳이 있지만) 돼지의 새끼집에 든 돼지새끼를 삶아 먹는 음식이다. 기절초풍하지 마시라. 새끼를 가진 귀한 돼지가 죽으면 아까워서 만들어진 음식이다.

그날 우리가 찾았던 음식점은 흑돈가(서울 강남구 삼성동)♣다. 제주도의 유명한 '흑돈가'에서 모든 식재료를 가져온다. 제주도 흑돼지가 주메뉴다. 이 집은 제주도 '흑돈가'의 사장인 임종훈 씨의 용산고등학교 25회 동창들이 뭉쳐서 만든 집이다. 이곳은 소스가 특이한데 멜젓(멸치젓)을 쓴다. 총 좌석이 100석이 넘어 모임하기에 좋다.

이들처럼 친구들과 '우리들만의 맛집'을 열고 밤이 새도록 사랑타령을 하면 좋으련만!

ㅅ은 세상 일반론에 결코 굴복하지 않았다.
사랑의 색깔은 여러 가지! ㅅ의 두꺼운 도화지처럼 얇은 듯
단단한 건강함과 웃음은 사람들을 끌어들였다.

———

두꺼운 도화지처럼
얇은 듯
단단한 사랑법 · 이탈리아요리

30대 초반의 ㅊ은 163센티미터가 넘는 정갈한 키에 하얀 피부, 긴 생머리, 청순한 외모의 후배다. ㅊ과 동갑인 후배 ㅅ은 160센티미터가 채 되지 않는 작은 키에 통통한 볼살, 성격 좋아 보이는 외모다. 전자는 외모만 보자면 사랑을 열두 번도 더 했을 것 같고, 후자는 몇 번 했을까 싶다. 결과는? 전자는 지금까지 남자 손이라고는 대학 모꼬지에서 게임할 때 잡은 것이 전부고, 후자는 현재 네 살 연하의 건장하고 '생각이라는 것을 좀 하는 남자'와 사귀고 있다. 둘의 큰 차이점은 뭘까? 사랑은 통념을 깨는 것, 세상 틀 모든 것을 부정하는 것에서 출발해서 상대의 모든 것을 긍정하는 것으로 꽃을 피운다.

ㅅ과 따스한 봄햇살이 비치는 레스토랑에 앉아 이야기꽃을 피웠다. 작은 레스토랑은 어머니의 자궁처럼 아늑하고 포근했다.

"남자친구 잘 있어? 빨리 결혼해야지. 나이 차이도 있고. 요즘 괜찮은 남자는 독수리가 먹이 채가듯 처자들이 낚아챈다던데."

"한 3년은 더 연애하고 결혼하려고요."

방긋 웃는 그의 미소에서는 자신감과 건강함이 묻어났다. ㅅ은 세상 일반론에 결코 굴복하지 않았다. 자신만의 당당한 기준과 활달한 믿음이 있다. 오라! 차이점은 이것이었다. ㅅ은 상대에 대한 넉넉함까지 보너스로 가지고 있었다!

ㅅ의 연애현장 목격담 하나. 연합동아리 체육대회가 예정한 시간이 한참 넘어 끝나자 ㅅ은 운동장을 가로질러 어디론가 달려갔다. 2시간 전부

터 기다리는 남자친구 때문이었다. 허투루 살지 않았다면 누구나 한눈에 알아볼 수 있는 훌륭한 청년이었다. 청년은 ㅅ을 보자 기다림에 지쳐 주르륵 한 줄기 닭똥 같은 눈물을 흘렸다. 늦은 여자친구를 향해 소리를 지르거나 화내지 않았다. 그런 그를 ㅅ은 토닥거렸다. 사랑의 색깔은 여러 가지! ㅅ의 두꺼운 도화지처럼 얇은 듯 단단한 건강함과 웃음은 사람들을 끌어들였다.

ㅅ과 함께 간 이태원 한 레스토랑의 주인도 마찬가지였다.

"메뉴에는 없지만 오늘 주꾸미 좋은데요. 주꾸미파스타 어때요?"

주꾸미는 봄이 제철이다. 낙지와 비슷하게 생겨서 구분이 어렵지만 '봄 주꾸미, 가을 낙지'라는 말이 있을 만큼 모양과 맛이 다르다. 낙지에 비해 다리는 짧지만 머리는 2~3배 크다. 비린내도 없어 볶음이나 구이, 찌개 등 여러 가지 요리에 쓰인다. 파스타에도 요긴한 재료가 된다.

스파게티 면에 숯가루를 뿌린 듯한 '주꾸미파스타'가 ㅅ의 앞에 놓였다. 면을 물들인 회색빛은 '좌(진보)'도 '우(보수)'도 아니었고, 말려 있는 모양새는 영화 〈판의 미로〉였다. 주꾸미 다리의 단단하게 선 돌기는 마지막 남은 자존심이다. 탱탱한 면을 ㅅ은 쭉 당긴다. 무너지는 주꾸미는 ㅅ과 입 속에서 사랑을 시작한다.

우리는 안심스테이크도 만났다. 이탈리아에서 요리학교를 나온 주인장의 솜씨답게 스테이크는 미국식이 아니었다. 너무 광활해서 삭막하고 쓰라린 미국 땅 같은 두툼한 고깃덩어리가 아니라는 말이다.

"루콜라와 같이 드세요."

콧방울을 세게 킁킁거리게 만드는 루콜라는 다정하게 우리를 맞았다.

루콜라는 어린 잎일수록 향이 강하다. ㅅ은 잘 익은 스테이크를 쓱쓱 썰어 남자친구를 포근하게 안아주듯이 루콜라로 쌌다. 한 입 '쏙' 검붉게 뿌려진 소스는 입맞춤 뒤 심장으로 떨어지는 떨림과도 같았다.

꽃피는 봄에는 살랑살랑 봄바람을 타고 사랑을 나누는 후배들의 소곤 거림이 들린다. 알랭 드 보통처럼 '왜 나는 너를 사랑하는가'라고 외치지 않아도 ㅅ처럼 당당한 미소를 날리면 ㅊ도 핑크빛이 될 수 있으리라!

'오로지 실력으로만 얘기하려고 한다'는 게
그의 요리 철학이다.
그가 빚은 맛은 열정이 오장육부를 달구는 맛이다.

———

겉은 바삭,
속은 쫀득한
사랑의 레시피 · 팻덕

밤 10시, 레스토랑에는 손님들로 가득했다. 불판이 훤히 보이는 주방은 소란스럽고, 요리사들이 지글지글 볶고 굽는 모습이 〈사랑의 레시피〉(2007년 개봉한 로맨틱 코미디 영화)였다.

"아! 지금은 바빠서 조금 한가해지면 올게요."

프렌치 레스토랑 루이쌍끄의 오너 셰프 이유석 씨가 한마디 남기고 식탁에서 사라졌다. 이씨를 처음 안 건 2010년도 여름이었다. '맛의 세계'를 여행하다 보면 많은 요리사들을 만나게 된다. 맛과 요리에 대해 진정성을 가진 셰프를 존경한다. 당시 다이아몬드보다 더 빛나는 그의 눈동자를 잊을 수 없었다. 당시 그는 자신의 레스토랑을 열기 위해 서울 시내를 이 잡듯 뒤지면서 터를 알아보고 있었다.

"레스토랑 자리, 이유석 셰프한테 물어봐요."

오죽하면 부동산업자들이 창업하러 오는 요리사들에게 그렇게 말했을까!

11시가 넘어서야 그를 겨우 만날 수 있었다. 그에게 레스토랑을 열고 가장 힘든 점이 뭐냐고 물었다. 내답은 뜻밖이었다. '요리'가 아니라 '사람'이었다.

"어떤 아르바이트생은 연락도 없이 나오지 않고 문자로 알바비 보내달라고 계좌번호만 보내는 거예요."

같이 일할 스태프를 구하는 일은 레스토랑 업주가 가장 골치 아파하는 문제다.

"미국인들이 시비를 걸어와 혼난 적도 있었어요."

루이쌍끄의 이름 앞에는 '개스트로 펍(gastro pub)'이 붙는다. '개스트로 펍'은 펍 같은 가벼운 분위기에 '파인 다이닝(fine dining, 코스요리에 와인 리스트까지 갖춘 정찬)' 개념을 접목한 레스토랑이다.

"펍은 시끄럽고 떠들썩해야 하는데, 여긴 너무 조용해. 맥주 종류도 너무 적어."

미국인들은 루이쌍끄에서 이렇게 불만을 터뜨렸다. 레스토랑의 성격은 주인장이 정하는 법 아닌가. 이후 그는 '프렌치'를 붙였다. '프렌치'를 단 이유는 그의 요리 대부분이 프랑스 레스토랑에서 막내 요리사로 일하면서 배운 것들이기 때문이다. 프랑스에서 3년 동안 레스토랑 여섯 곳을 돌며 요리를 익혔다. 그는 유명한 요리학교를 졸업하지도, 세계적인 호텔에서 경력을 쌓지도 않았다. 그저 스무 살부터 그야말로 '현장'에서 구르며 실력을 닦았다.

'오로지 실력으로만 얘기하려고 한다'는 게 그의 요리 철학이다. 그가 빚은 맛은 열정이 오장육부를 달구는 맛이다. 만약 그가 사랑을 한다면 달콤한 들뜸과 알싸한 조바심과 펄떡거리는 심장의 소리도 음식에 담을 것이다. 그는 젊다. 젊은 후배들에게 늘 하는 말을 그에게도 해주고 싶다. '연애를 아주 많이 자주 해라! 힘이 닿을 때까지. 연애는 인생을 배우는 가장 진솔한 방법이다.'

그의 '팻덕'은 장인의 수공예품과도 같다. 와인을 이용한 프랑스 서남

프렌치 레스토랑 '비앙에트로' 음식

부 시골 스타일의 오리다리 요리라고 한다. 껍질은 포크를 들이밀수록 바삭함이 만천하에 드러난다. 껍질 속의 살은 완전히 다른 세상이다. 짙은 와인색 껍질을 벗자 결이 촘촘히 줄 서 있는 오리다리 살이 인사한다. 탱탱하면서 쭉쭉 늘어지는 홍시처럼 부드럽다. 한껏 취해 몽롱해지는 찰나, 감자퓌레와 버섯볶음이 접시 위에서 빤히 나를 쳐다보고 있다. 이씨의 요리는 한 접시에 세 가지만 올라가는 것이 특징이다. 팻덕은 24시간 오리다리를 염장한 뒤 낮은 온도의 기름에 넣고 1시간 50분 정도 익힌다. 식탁에 내기 전에 15분 정도 오븐에 굽는다. 마치 양념치킨의 소스를 바르듯 그만의 소스를 바르면서 굽는다.

"누나, 맛이 어때요?"

보석처럼 빛나는 눈동자로 그가 물었다. 세상에 가장 빛나는 맛이 있다면 열정이 콕콕 박힌 음식이 아닐까. 그의 맛에서 놓쳐서는 안 되는 귀중한 자산, 열정이 환히 드러난다.

뷔페 음식처럼 남자도 내 마음대로 고를 수 있다면 얼마나 좋을까?
고른 이 중에 마음에 드는 사람이 있다면
죽도록 그 사람만 만날 수 있다면 얼마나 좋을까?

————

골라 먹는
재미가 있는
연애의 결말 · 뷔페

맛보는 재미 중에는 '골라 먹는 재미'가 있다. 내 취향, 나의 철학, 나만의 에지(edge)를 마구 펼칠 수 있다. 골라 먹는 재미 하면 뷔페가 으뜸이다.

뷔페는 여러 그릇에 음식을 담아두고 마음대로 덜어 먹는 식사 방식을 말한다. 15세기 그림 〈베리 공의 매우 호화로운 기도서〉에는 화려한 중세유럽의 뷔페 식탁이 등장한다. 그림이 말해 주듯이 뷔페는 유럽 식도락가들의 '재미'였다. 코스 요리에 싫증이 날 대로 난 부호들의 식사 방식이었던 셈이다.

정작 뷔페의 유래는 해적이다. 스칸디나비아 해적인 바이킹들은 해적 생활을 하는 동안 배 안에서 절인 음식만 먹었다. 대신 고향에 돌아오면 온갖 신선한 음식을 한곳에 차려놓고 밤낮을 가리지 않고 즐겼다고 한다. 일본인들이 뷔페식을 '바이킹 레스토랑'이라고 부르는 이유도 여기에 있다.

뷔페가 전 세계적으로 퍼진 것은 제2차 세계대전 이후의 일이다. 재미있는 것은 뷔페식이 초창기 라스베이거스 호텔업계의 중요한 전략 가운데 하나였다는 사실이다. 한번 들어오면 '죽도록 오래 앉아' 먹어야 하기 때문에 다른 호텔에 손님을 뺏길 염려가 적었다.

우리나라의 뷔페의 시작은 언제부터일까? 음식 칼럼니스트 김학민 씨는 한국전쟁 이후 을지로 6가에 있던 '국립의료원'(현재 국립중앙의료원) 안에 있던 식당이 처음이라고 말한다. 당시 식당 이름은 '스칸디나비아 클

럽'이었다. 이 병원에 근무하고 있던 스웨덴, 노르웨이 의료진들을 위해 만들어졌지만 식당의 출입이 자유로워서 일반인들도 애용했다고 한다. 이후 뷔페식당이 인기를 끌기 시작한 것은 1970년대 대연각호텔 그랜드 앰버서더 호텔 '킹스'(2010년 '더 킹스'로 개보수) 등이 뷔페가 문을 연 이후 부터다.

뷔페식도 잘 먹는 방법이다. 무조건 접시 수를 늘리는 게 아니다. 한 접시에 다양한 음식을 담을 때 음식 간의 경계를 분명히 해서 섞이지 않게 하는 것이다. 그래야 각각의 맛을 제대로 느낄 수 있다.

후배 ㅁ과 서울시내 한 유명 뷔페에서 점심을 먹으면서 '골라 먹는 재미'에 대해 이야기했다. 결혼 적령기를 앞둔 후배는 자연스럽게 뷔페 음식과 연애를 결부시켰다. 뷔페 음식처럼 남자도 내 마음대로 고를 수 있다면 얼마나 좋을까? 고른 이 중에 마음에 드는 사람이 있다면 죽도록 그 사람만 만날 수 있다면 얼마나 좋을까?

30대 초반인 ㅁ은 170센티미터가 넘는 키에 동그란 눈까지. 한눈에 미인이라는 생각이 들 만큼 아름답다. 그런 그가 탄식을 한다.

"없어요. 괜찮은 남자가 없어요, 전혀."

맞다. 주변을 둘러봐도 그럴싸한 처자들은 많은데, 그들과 짝짓기를 할 만한 남자들은 별로 없다.

그는 멋진 남자들이 사라진 이유를 '성소수자'에서 찾았다. 요즘 '괜찮다 싶으면' 성소수자들이라는 것이다. 그는 자신의 경험담을 털어놓았다.

그에게는 잘생기고 스마트한 성소수자 남자친구가 있다. 그와 함께 이태원의 한 바를 찾았다. 그곳에서 자신의 회사에서 킹카로 소문난 멋진 남자 둘을 보았단다. 충격이 컸다. 사내에서는 그 두 사람을 향해 목을 빼고 있는 처자들이 많다고 한다. 조금이라도 타인의 다른 삶을 이해해 주는 사회가 되면 아마도 그 남자들은 커밍아웃을 할 것이다.

ㅁ은 이런 현실에서 지난날 지나치게 쿨했던 자신의 애정사를 후회했다. 2년 가까이 사귀었던 남자를 우연히 커피숍에서 만나 아주 반갑게 인사했더랬다. 헤어지고 나서는 뒷목이 당겼지만 그 이유를 한 통의 문자를 받고 알았다고 한다.

"너는 내가 누군지 아니?"

맞다. ㅁ이 심하게 상처를 주고 차버린 착한 남자였다. 그저 일로 오다가다 만난 사람이라고 생각했단다. ㅁ은 이제 지난날 '갖다 버린' 남자들을 다시 뒤지고 있다. ㅁ, 건투를 빈다.

"별 남자 없어. 그저 너를 잘 이해해 주는 남자가 최고야."

간이 잘 밴 밥 위에 연어, 참치, 무순 등이 올라가 있다.
어느 것 하나 자기 잘났다고 자신을 들이밀지 않는다.
하나가 너무 강한 맛을 뿜어내면 맛이 없어진다.
부부생활도 비슷하리라!

좋은 사람을
만나는
최고의 방법 · 일본식 회덮밥

6년 만인지 7년 만인지 모르겠다. 사진가 ㅈ을 다시 만난 것이! 20대부터 흩날리던 은발은 여전히 아름다웠고, 물갈퀴처럼 쫙쫙 벌어지는 눈웃음도 예전과 똑같았다. 프랑스에서 태어난 것도, 미국에서 학교를 다닌 것도, 아프리카에서 산 것도 아닌데, 그는 한국인이라고 믿기 어려울 만큼 자유로운 사람이었다.

　이것저것 재지 않고 어느 날 훅 다가온 '사진'을 흔쾌히 받아들여 직업으로 삼았고, 그 일로 어렵고 힘들 때도 있었지만 자신의 선택을 탓하는 법이 없었다. 간간이 그가 두 번의 결혼과 두 번의 이혼을 했다는 소식은 전해 들었다. 몇 권의 사진집도 냈다고 한다. 이제는 상업사진보다는 콘셉트가 있는 작품사진에 더 공을 들이고 있다.

　"오빠, 오랜만이네요, 잘 지냈어요?"

　내가 먼저 근황을 물었다. 그는 6년째 한 살 연상의 여인과 연애를 하고 있다고 했다.

　"결혼 안 해요?"

　"우리는 같이 늙어갈 건데, 서류 같은 거 필요 없을 것 같아. 지금 충분히 좋아!"

　그는 잘 익은 호빵처럼 따스해 보였다.

　"우리나라 부부들은 불행한 이들이 많은 것 같아."

　그가 보기에 우리 시대 부부들은 행복하지도 않으면서 그냥 산다는 것이다.

"불행한 첫째 이유는 서로 사랑하지 않는 거지. 가정이 너무 아이 중심인 것 같아. 그리고 자신에게 잘 맞는 이를 고르는 능력도 부족해서 실수도 하고, 또 그런 훈련을 받은 적도 없잖아. (이성을 잡아끄는) 호르몬의 작용은 한계가 있어. 서로를 아껴주는 노력을 계속해야 되는데, 그걸 잘 모르는 사람도 많은 것 같아."

경험을 통해 얻은 결론인지, 이런 생각을 실천하기 위해 어려운 결단을 내리면서 산 건지는 알 수 없지만 그는 그런 말들을 했다.

이런저런 수다로 정신줄 놓고 있을 때 식탁에는 '일본식 회덮밥'이 나타났다. 강남구 신사동의 한 일식당의 차림표에 적힌 '일본식 회덮밥'은 '바라치라시'와 닮아 있었다. 바라치라시는 일본에서 아이가 세 살, 다섯 살, 일곱 살이 되면 시치고산이라는 잔치를 마련해 주는데, 이때 먹는 대표 음식이다. 각종 생선과 채소들을 잘게 잘라 초밥 밥(샤리)에 올리는 음식으로, 지라시초밥과도 비슷하다. 지라시초밥도 생선 조각들을 초밥 밥에 올리지만 생선 크기가 바라치라시보다 조금 크다. '지라시'는 '흩뿌리다'라는 뜻이다. 언뜻 보면 생선비빔밥이나 회덮밥처럼 보인다. 간이 잘 밴 밥 위에 연어, 참치, 무순 등이 올라가 있다. 어느 것 하나 자기 잘났다고 자신을 들이밀지 않는다. '재료의 조화'가 맛을 결정한다. 하나가 너무 강한 맛을 뿜어내면 맛이 없어진다. 부부생활도 비슷하리라!

사진가 ㅈ은 요즘 반려자를 고민하는 후배에게 "좋은 사람을 만나려면 자신이 좋은 사람이 되어야 한다"고 조언한다.

남자친구의 노예생활은 ㄱ이 야근일 때 더 빛을 발한다.
남친은 커다란 도시락을 들고 늦은 밤 여친의 회사에 나타난다.
그의 손에는 얇은 피로 고기를 감싸 안은 만두가 들려 있다.

———

을이 갑에게
바치는 만두 · 만두

한 중소기업 사장이 지인들과 산을 올랐다. 힘겹게 올라가던 그를 향해 지인들이 질문을 던졌다.

"왜 등산복을 안 입고 갭(GAP, 미국 의류 브랜드)을 입었어?"

그는 웃으면서 대꾸했다.

"평생 을이었잖아. 옷이라도 갑(GAP)이었으면 해서."

모두가 웃었다.

이처럼 갑과 을의 관계는 곳곳에 얽혀 있다. 연애에서도 마찬가지다. 한동안 내가 을인가 싶더니 갑이 되기도 한다. 국면의 전환이다. 후배 ㄱ도 그런 경우다.

"이전 연애에서는 늘 진상을 받아주던 을이었지. 하지만 지금은 너무 좋아."

이렇게 말하면서 배시시 웃는다. 갑의 생활을 하고 있다.

ㄱ은 지금의 남친을 '막장' 생활을 하다가 만났다. ㄱ이 가입한 사진 동호회의 소모임 이름이 '막장'이다. 대부분 20~30대 직장인인 이들은 '막장'으로 논다. 일을 끝내고 저녁 8시쯤 보이면 다음 날 출근시간까지 밤새 논다. 술보다는 희한한 게임을 한다. '타인 웃기기', '몸 개그' 등이다. ㄱ은 그들 중에서 우수한 처자다. 좌중을 압도하면서 웃겼다. 인기가 치솟았다.

1년 전 '막장'원들은 제주도로 여행을 갔다. 제주도 바람을 맞으며 남친은 자전거 위에서 을이 되겠다고 고백을 했다. 죽도록 모시고 살겠다고

맹세한 것이다.

을인 남자친구의 노예생활은 ㄱ이 야근일 때 더 빛을 발한다. 남친은 커다란 도시락을 들고 늦은 밤 여친의 회사에 나타난다. 그의 손에는 얇은 피로 고기를 감싸 안은 만두가 들려 있다. 만두라! 맛계에서 만두도 을이다. 중국집의 만두는 있어도 되고 없어도 되는 서비스다. 하지만 빠지면 어딘가 심하게 허전하다. 군만두가 서비스로 나오지 않는 팔보채는 생각하기도 싫다. 을이 있어야 세상은 비로소 완성이 된다.

우리 선조들은 중국의 만두와 달리 창의적이고 독특한 만두를 많이 만들어 먹었다. 생선살을 피로 활용한 '어만두', 동아의 껍질을 얇게 잘라 만든 '동아만두', 네모진 모양의 '편수', 골무처럼 작게 빚은 '골무만두' 등.

남친의 만두는 선조들의 지혜를 닮아 창의적이다. 그가 여친을 위해 모시고 온 만두는 서울 합정동의 분식집 마포만두♦에 있는 '갈비만두'다. 갈비만두는 갈비의 향이 난다. 돼지갈비양념을 국내산 돼지에 버무려 떡갈비처럼 만든 후에 숯불에 굽는다. 그것을 으깨서 속을 만든다. 맛의 비결 중에 하나는 만두피다. 모눈종이처럼 얇다. '마포만두'의 주인 조영희 씨는 이렇게 말했다.

"옛날에는 만두피를 손으로 만들었어요. 얇게 하자니 더 힘들었죠. 팔이 다 나갈 정도였다니까요."

지금은 피의 원형을 그대로 살리는 기계를 사용한다. 피가 얇아도 터지지 않는 이유는 아주 센 불에 2분 정도 쪄냈기 때문이다. 고기만두도 인기 만점이다. 그곳에서 후배 커플과 어색한 '밥 한 끼'를 먹었지만 기분은 최고였다. 만두를 먹는 동안 흐뭇한 마음이 치솟았다. 행복에 겨워 입이 귀에 걸린 을의 모습이 아름다웠다.

아들과 떨어져서 살지만 그는 좋은 엄마였다.
아들의 일생을 좌우할 것을 훌륭하게 만들어주었기 때문이다.
"세상에서 접한 첫맛이 평생을 좌우한다잖아.
건강한 것들로 즐기게 해주고 싶었어."

좋은 엄마
그리고
매력적인 여자 · 파스타

아주 오래전에 스파게티와 파스타를 구별하지 못한 적이 있다. 이것은 마치 송편과 떡의 관계를 이해 못하는 것과 같다. 스파게티는 수천 가지가 넘는 이탈리아 면 요리, 파스타의 한 종류다. 파스타는 정말 종류가 많다. 납작한 면, 바퀴모양, 나사모양, 만두처럼 생긴 것 등. 심지어 남성의 거시기 모양을 한 면도 있다고 한다. 너비에 따라 종류가 달라지고 생면이냐 건면이냐에 따라 맛이 또 다르다. 면 종류도 이렇게 많은데 소스와 결합하면 그 종류는 더 늘어난다. 소스는 지방마다 다르고, 만드는 이마다 다른 맛을 낸다.

한 종류의 다른 색깔 음식을 먹다 보면 '사람'이 떠오르기도 한다. 파스타가 그렇다. 우리네 소면처럼 얇은 카펠리니로 만든 찬 파스타는 B형 남자가 떠오른다. 어딘가 만만치 않은 맛인데 손이 자꾸 간다. 스파게티는 늘 주변에 얼쩡거리는 오래된 남자친구들(주민번호가 '1'자로 시작하지만 연애감정이라고는 싹틀 수 없는)이 떠오르고, 만년필 펜촉처럼 생긴 펜네는 창의력이 통통 튀는 예술가가 생각난다. 만두 모양의 라비올리는 힘겨운 일이 생겼을 때 마구 기댈 수 있는 신배들을 닮았다. 이렇게 파스타마다 연상되는 남정네들을 다 갖다 붙이면 밤을 새우고도 남는다.

나에게는 언니뻘인 ㅇ은 파스타를 고를 때 특히 까다롭다. 떡처럼 끈적이거나 지나치게 쫄깃한 면을 싫어한다. 이탈리아 사람들이 좋아하는 알덴테 상태의 면도 안 먹는다. 그는 펜네처럼 뾰족한 것이 좋단다. 식탁에서 꼼꼼하고 자신의 일에는 완벽한 똘똘이 언니가 배우자를 고를 때는 엄청난 내공을 발휘할 줄 알았다. 하지만 언니는 그러지 못했다. 스물네 살 나이에 결혼해서 고등학생 아들이 있지만 지금 그는 혼자다. 오래전 그는 이혼의 상처를 겪었다. 아들과 떨어져서 살지만 그는 좋은 엄마였다. 아들의 일생을 좌우할 것을 훌륭하게 만들어주었기 때문이다. 입맛이다.

"세상에서 접한 첫맛이 평생을 좌우한다잖아. 건강한 것들로 즐기게 해주고 싶었어."

그는 기묘한 이유식을 만들었다. 당근, 토마토, 단호박, 고구마 등 몸에 좋다는 채소와 과일들을 곱게 갈아서 작고 동글게 말아서 얼렸다. 얼린 것들을 매일 1~2개를 녹여서 같은 시간 반복해서 주었다. 매우 단 과일은 뺐다. 처음에는 고개를 돌렸던 아들은 점차 엄마의 희한한 이유식에 길들여졌다.

"지금 내 아들, 정말 건강해, 당근을 가장 좋아하고."

그의 아들은 "엄마와 같이 살지는 않았지만 내게 정말 중요한 것들을 해줘서 고마워, 맘!"이라고 외친다.

그 언니와 폭풍우 치는 여름날 오후, 브로콜리와 새우 크림소스로 맛낸 '페투치네'를 먹었다.

이렇게 매력적인 여자를 세상은 가만두고 있다니! 온갖 종류의 최고의 파스타들 다 어디 간 거야!

그는 안 예쁜 여자는 남자친구가 당연히 없을 거라
여기는 세상의 편견과 맞서 싸우기로 결심했다.
'없다'라는 진실 대신에 '있다'라는 거짓을 무기로 선택한 것이다.
편견과의 싸움은 예상을 뛰어넘어 험난했다.

가상의 '남친'으로
편견에 맞서다 · 스테이크

"남자친구는 있어요?"

후배 ㅈ이 한 디자인회사에 입사해서 들은 첫 질문이다. ㅈ은 '있다'고 대답했다. 괴짜 중에 괴짜인 ㅈ, 4~5차원 정도 되는 기발한 뇌 구조를 가진 ㅈ, 이마에 '진실'이란 글자가 꽉 박혀 있는 ㅈ. 그가 툭 던져버리듯이 답한 '있다'에는 엄청난 비밀과 철학이 숨겨져 있었다.

"사람들은 제가 당연히 남자친구가 없을 거라고 생각하더라구요."

ㅈ은 남자란 남자는 모두 홀릴 것 같은 여우 타입도 아니고, 주머니에 넣고 다니고 싶을 만큼 귀엽지도 않고, 보이시한 분위기로 남자들의 호기심을 자극하지도 않았다.

그는 안 예쁜 여자는 남자친구가 당연히 없을 거라 여기는 세상의 편견과 맞서 싸우기로 결심했다. '없다'라는 진실 대신에 '있다'라는 거짓을 무기로 선택한 것이다. 그는 배우 박신양과 몇 명의 주변 남자들을 추려 '짬뽕 캐릭터'를 창조했다. 기념일이 되면 꽃을 보내주고 "애기야~"라는 말도 앙증맞게 해주는 멋진 애인이 탄생했다. 한동안 그는 신났다. 자신 앞으로 꽃 배달을 하고 "왜 빈지가 없냐"는 직장 동료들의 성화에 반지도 맞췄다.

편견과의 싸움은 예상을 뛰어넘어 험난했다. 남자친구를 고향에 있는 것으로 설정한 탓에 고향을 다녀오면 "만나서 뭐했어?"란 질문이 쏟아졌고 "그냥 얘기하죠"라고 답하면 내숭이라는 비난이 쏟아졌다. 연인들의 애정행각이라고는 도통 손톱의 때만큼도 모르는 그는 점점 고통에 시달렸다. 급기야 모태솔로인 여자 후배가 연애상담을 해오기까지 했다.

1년 뒤 그는 투쟁을 접었다. 세상에 경종을 울리는 선에서 타협했다.

그와 이태원의 조용한 레스토랑 **부처스 컷***을 찾았다. 삼원가든이 문을 연 드라이에이징(건조숙성) 스테이크하우스다. 고기를 밥보다 좋아하는 그를 위한 자리였다.

"스테이크에도 편견이 있는 거 알아?"

ㅈ과 함께 동석한 ㅇ이 한마디 건넸다. 스테이크를 주문할 때 선택하는 고기 굽기의 정도를 보고 '좀 먹을 줄 아네', '전혀 뭘 모르는구먼' 하는 식으로 판단하는 이들이 있다는 것이다. 스테이크는 웰던, 미디엄 웰던, 미디엄, 미디엄 레어, 레어 등의 굽기 방법이 있다. 속을 익히는 순이다. 고기는 익힐수록 '마야르 반응(식품의 가열처리, 조리 중 일어나는 성분 간 반응)' 때문에 고기 특유의 향은 살아나지만 수분이 없어지면서 단단해지고 육즙도 사라져간다. 레어는 겉은 단단하고 속의 육즙은 잘 살아 있는 상태다. 붉은색의 피가 뚝뚝 칼날에 묻어나는 레어 상태를 좋아하는 이들이 있는가 하면, 덜 익히는 것에 대한 우려와 물컹한 식감을 싫어하는 이들도 있다. 얼굴이 제각각이듯 혀의 선택도 사람마다 다르다. 마틴 루서 킹처럼 세상의 편견과 싸운 ㅈ에게 물었다.

"너는 어떤 상태로 구워 달라고 할까?"

후배 ㅇ은 신혼시절 남편을 '저세상'으로 보낼 뻔했다.
그것도 부추로 말이다. 비타민A와 비타민C가 풍부한 채소, 부추라니!
맛나고 몸에 좋은 식재료가 사람 몸을 상하게 할 수 있다니!

——

부추 녹즙과
조미료 샌드위치로
남편을 잡다 · 고르곤졸라상 빵

"네 남편은 아직 살아 있니?"

후배 ㅇ은 신혼시절 남편을 '저세상'으로 보낼 뻔했다. 그것도 부추로 말이다. 비소도 아니고, 납도 아니고, 비타민A와 비타민C가 풍부한 채소, 부추라니! 맛나고 몸에 좋은 식재료가 사람 몸을 상하게 할 수 있다니!

중세 유럽에서는 달콤한 먹을거리가 '나쁜 일'에 이용되기도 했다. 정적을 독살하는 데 초콜릿을 사용했다는 기록이 있다. 사악한 정략가들은 신비한 초콜릿의 맛에 열광하는 사람들의 심리를 활용했다. 결정적으로 초콜릿의 쓴 첫맛과 까만색은 독약을 섞고도 눈치 채지 못하게 했다.

후배는 의도하지 않았지만 중세시대의 사악한 인간이 될 뻔했다. 이야기는 이렇다. 신혼에 텔레비전 건강 프로그램을 열심히 보던 후배는 부추에 홀딱 빠졌다. '마늘과 같은 강장효과가 있고', '부추 익혀 먹으면 소화 촉진에 좋고 위장 튼튼하게 하고', '동의보감에는 간 기능 강화에 좋다고 나오고' 등, 부추예찬론이 한 시간 내내 이어졌다. 후배는 특히 '강력한 강장제', '활성산소 해독', '노화방지' 등의 단어에 꽂혔다. 그길로 나가 부추를 한 단 샀다.

다음날 아침 모두 믹서기에 넣고 갈았다. 진한 녹색의 즙이 식탁에 나타났다. 남편에게 3분의 2를, 자신에게는 3분의 1을 컵에 담아 건배를 제의했다. 후배는 하트를 뿅뿅 날리며 마셨다고 한다.

몇 시간 뒤 왠지 속이 쓰린 듯 거북했지만 몸에 좋은 것은 그만큼의 대가를 치른다고 생각했단다. 병원에서 전화가 온 것이 그때쯤이었다. 남편

'일카카오'의 초콜릿

이 위세척을 하고 있다고! 눈이 퉁퉁 부어 달려간 후배는 간호사의 타박을 들었다.

"부추는 독성이 있어요. 한 단을 다 갈아 마시면 사람에 따라 죽을 수도 있어요. 적당한 양이 몸에 좋은 거죠."

남편은 살아났고 후배는 크게 반성했다. 후배의 신혼시절 부엌 무용담은 부추로 끝나지 않는다. 샌드위치에 들어갈 흑설탕 대신 조미료를 넣지 않나, 커피 끓인다고 물 대신 무색무취 건강음료를 넣어 주전자를 태워먹지를 않나, 그의 신혼 부엌은 시트콤의 연속이었다.

그래서 오랜만에 그를 만나 건넨 첫마디가 "네 남편은 아직 살아 있니?"였다. 그리고 브레드 랩♠의 빵도 건넸다.

"언니, 남편은 아주 건강하게 잘 살아 있어요. 그동안 궁중요리부터 이탈리아 요리까지 다 배웠어요. 요즘은 아주 잘한다니깐!"

후배의 얼굴은 건강한 일상을 살아가는 이답게 환했다. 이제는 요리사라고 해도 손색이 없을 만큼 정갈한 음식을 만든다.

그에게 연말 선물로 건넨 브레드 랩의 빵은 고르곤졸라상, 고구마치아바타, 녹차대니시, 우유크림빵 등이었다. 고르곤졸라 치즈의 쫄깃한 맛과 크루아상의 장점을 합친 고르곤졸라상은 주인 유기헌 씨가 빵집 이름처럼 '빵 연구' 결과로 탄생했다.

유씨는 40대 초반 늦은 나이에 도쿄제과학교를 졸업하고, '브레드 피트(bread fit)'라는 독특한 이름의 빵집을 열어 솜씨를 발휘했다. 공동운

영자였던 그는 최근 '브레드 피트'와는 결별하고 빵집 '브레드 랩(bread lab)'을 열었다.

후배는 빵을 받아들고 돌아간 뒤 한 통의 문자를 보내왔다.

"언니, 남편이랑 애기랑 빵을 너무 좋아해요. 고마워요."

풍선처럼 가벼운 농담을 던져도
옷깃을 파고드는 무거운 기운은 사라지지 않았다.
저녁만찬으로 반전을 꾀할 수 밖에!
우울할 때 먹을거리만큼 큰 위로도 없다.

위로의
식탁

우울할 때 먹을거리만큼 큰 위로도 없다.
o에게 싱그러운 바다 향으로 위로하고 싶었다.
중앙식당의 대구탕은 일품이다. 담백하다. o처럼 말이다.

———

쓸쓸하고
우울한 밤의
담백한 위로 · 대구탕

"바닷바람이나 쐬고 올까?"

선배 ㅇ이 연락을 해왔다. ㅇ과 우리 가족은 형제나 마찬가지다. 그는 느리게 걷고 말수가 적고 약속은 정확하고 착하기까지 한 엘리트였다. 생김새는 푸근하지만 검은 타협이라고는 모르는 원칙주의자이다. 40대 중반 독신남이 던진 '바닷바람'에는 많은 것이 함축되어 있었다. 인생에서 가질 수 있는 것, 갖지 못할 것, 놓아버려야 할 것들을 고민하고 있는지도 모를 일이다. 나는 굳이 묻지 않았다. 대신 냅다 새벽 6시발 부산행 고속열차 세 장을 예매했다. 우리 가족의 오랜 숙원사업은 부산 사직구장에서 롯데 자이언츠 경기를 보는 일이었다. ㅇ의 심란한 마음과 우리의 소망은 딱 맞아떨어졌다.

고속열차 안은 오로지 날씨 이야기였다. 부산에 비가 많이 올 거라는 예보에 절망했다. 야구경기가 행여 취소되면 마치 우리 인생도 덩달아 취소될 것 같은 느낌이 들었다. 우리 앞에는 도시락이 있었다. 오래된 콩자반, 흰 기름이 진눈깨비만큼 깔린 불고기, 수저가 들어갈 정도만 데워진 밥 덩어리들이 우리를 노려보고 있었다. 도시락은 '현재'가 아니라 '미래'를 위해 존재한다. 그래서 더 정성이 필요한 음식이다. 열차 도시락의 뚜껑을 열었을 때 파릇파릇 식재료가 살아 있으면 얼마나 좋을까!

부산은 스산했다. 비는 그칠 줄 몰랐다. 경기는 취소됐고 우리는 샴고양이 털빛이 퍼진 바다로 향했다. 역시 쓸쓸했다. 풍선처럼 가벼운 농담을 던져도 옷깃을 파고드는 무거운 기운은 사라지지 않았다. 저녁만찬으로 반전을 꾀할 수밖에! 우울할 때 먹을거리만큼 큰 위로도 없다.

부산 중구 중앙동의 중앙식당은 제철 자연산 회가 맛난 곳이다. ○에게 싱그러운 바다 향으로 위로하고 싶었다. 주로 부산 등 경남권에서 유통되는 '좋은데이'가 기분을 달뜨게 했다. '좋은데이'는 상갓집에는 못 들어간다고 한다. 풍문이지만 죽음을 앞에 두고 '좋은데이'를 마실 수는 없는 일 아닌가! 중앙식당의 대구탕은 일품이다. 담백하다. ○처럼 말이다. 바닷물고기인 대구는 성장이 빠르고 알을 많이 낳는다. 풍성한 놈이다. 제철 맞은 대구가 뽀얀 국물에 폭 빠져 떡하니 나타났다. 잘 익은 내장과 살점이 맛깔스러웠다. 10월의 밤은 끊어도 잘라도 늘어지는 고무줄처럼 길었다. 긴 밤을 허름한 선술집에 다 바쳤다.

우리는 '취소'된 인생을 재건하기 위해 다음날 경기장을 찾았다. 롯데 자이언츠 이대호 삼진아웃, 에스케이 와이번스 박정권의 홈런, 한숨이 구장을 짓눌렀다. 안타까움을 치워버리려고 야구장에서만 파는 찬 족발과 말라붙은 김밥과 구단 로고가 박힌 맥주를 먹었다. 에스케이 와이번스가 이겼다.

구포역으로 향하는 발걸음은 여전히 차고 매서웠다. 역 앞 포장마차 만두가 먼저 눈에 들어왔다. 두꺼운 피에 만두 속은 당면만 있는 싼 만두.

"한 개는 보너스라."

할머니의 인심이 후하다. 한국전쟁 때 피난민들을 위로했던 구포국수를 한 젓가락 할 만도 한데 정작 찾아들어간 집은 돼지고기구이 집이었다. 서울에서 한때 고깃집마다 유행했던 두툼한 삼겹살이 아니라 적당한 두께의 삼겹살이 나왔다.

"우리 고기 맛나예. 축협에서 좋은 것만 가져와예."

주인장은 당당했다. 그의 고기는 큰 격려가 되었다.

"어! 누나! 오랜만이야."
냉면을 젓가락으로 들어 올리는 순간 어디선가
굵은 남자 목소리가 들렸다.
기억 속에 어리기만 했던 ㄱ은 어느새
건장한 남자로 '잘 자라' 있었다.

'누나' 소리
들으며 한 젓가락
먹어볼까 · 핑냉면

사진기자들은 봄이 오면 바빠진다. 봄이 만개하기 전에 봄이 오는 소리를 사진에 담아야 하기 때문이다. 이를 '계절 스케치'라고 부른다. 남쪽에 때 이르게 핀 꽃들이 피사체가 된다. 계절 스케치의 소재로 음식이 등장할 때도 있다. 냉면이다. 음식이 활용되는 예는 냉면이 거의 유일하다. 땀이 줄줄 흐르는 여름과 시원한 냉면은 대조를 이룬다.

서울시내 이름난 냉면집들이 후보군이 된다. 역사가 오래된 우래옥, 을지면옥, 평양면옥♠, 봉피양, 을밀대, 강서면옥, 남포면옥, 필동면옥 등. 이 집들 중 사진기자들이 몰려가는 집은 한곳이다. 장충동의 '평양면옥'이다. 이곳은 길게 줄을 선 모양이 한마디로 '그림'이 된다.

몇 년 전 평양면옥에서 사진을 찍고 냉면 한 그릇 후딱 먹기 위해 자리에 앉았다.

"어! 누나! 오랜만이야."

냉면을 젓가락으로 들어 올리는 순간 어디선가 굵은 남자 목소리가 들렸다. ㄱ이었다. ㄱ은 몇 살 어린 동생이다. 사진을 공부하려고 들어간 두 번째 대학교에서 만난 사이다. 기억 속에 어리기만 했던 ㄱ은 어느새 건장한 남자로 '잘 자라' 있었다.

'누나'라는 호칭은 여인네들에게 훈훈한 감성을 불러일으킨다. '오빠'라는 호칭에 기분이 들뜨는 남정네들처럼. 386세대를 거쳐 486세대가 된 이들은 '오빠'라는 소리가 낯설다. 그들이 대학 다닐 때 여자 후배들에게서 들은 소리는 '형'이었다. 요즘 대학가에서 '형'이라고 부르면 "내가

왜 네 형이야?" 하는 소리가 돌아오지만. 오랜만에 들은 '누나'라는 소리가 정겨웠다. 우리는 자주 보자며 헤어진 날, 다른 냉면집에서 다시 만나자고 약속했다.

냉면은 이미 알려진 대로 겨울음식이다. 동치미국물이나 고기육수를 국물로 사용했지만 예전에는 꿩육수나 꿩고기가 인기가 좋았다. 꿩고기는 『규합총서』, 『증보산림경제』, 『요록』, 『음식디미방』 등의 고서적에 개고기와 함께 우리 선조들이 아끼던 식재료라고 기록되어 있다.

강원도 철원군 서면 와수리에는 꿩육수로 국물을 내고 돌돌 만 꿩고기가 고명으로 올라가는 냉면집이 있다. 역시 평양면옥이다. 이 집으로 향하는 여행길은 재미있다. 버스 안에는 온통 군인이거나 면회 가는 이들로 가득하다. "누나!" 소리 거침없이 지를 여드름투성이의 청춘들이 버스에 앉아 있다.

평양면옥은 안필녀 씨가 맛을 낸다. 평남 개천이 고향인 남편 이철봉 씨한테 전수받았다. 이씨는 안씨가 마흔일곱 살이 되던 해 갑자기 쓰러져 세상을 떠났다. 지금은 둘째아들 부부와 함께 운영하고 있다. 안씨는 매일 밤 꿩 4~5마리를 잡아 2시간 이상 푹 끓인다.

"꿩은 이상하게 오래 끓여도 살이 무르지 않아요. 똥과 털 빼고 다 먹는 게 꿩고기이죠."

꿩육수는 동치미처럼 시원하지도, 고기육수처럼 은근하지도 않지만 살짝 비릿한 맛이 옛맛의 품위를 지키고 있다. 고명으로 올라간 지단, 삶은 달걀, 오이채, 배와 무 조각, 삶은 돼지고기를 헤치고 파들어가면 양념해서 볶은 꿩고기가 나타난다. 젓가락을 들이대면 동글동글 이리저리 굴러다닌다. 텁텁한 육질의 쫄깃한 맛이 작은 몸뚱어리에 박혀 있다. 개나리가 피는 춘삼월, ㄱ에게 연락해서 '누나' 소리 들으면서 꿩냉면 한 젓가락 먹으리라.

'우래옥'의 냉면

"뭐 좋아해?"
"삼계탕, 토마토나 양파수프."
옳다구나! 그를 위한 '밤참'을 해주리라!
요리명은 '내 마음대로 닭가슴살 양파수프'가 좋겠다.

——

언제나 고마운
그녀를 위한
응원의 한 그릇 · 닭가슴살 양파수프

언제부터 음식과 인연을 맺었을까? 2000년대부터다. 당시 경제주간지에 '밤참'이라는 요리 연재를 시작했다. 벤처 붐이 한창이던 시절이었다. 늦은 밤까지 일하는 IT 업체 직원들을 위한 연재였다. 요리는 '내 마음대로 야밤에 마구 먹고 싶은 것들'로 했다. 당시에는 기상천외했다. '콩가루 비빔밥'이나 '파 참치 다타키' 같은 것은 평범했다. 그중에서 라면은 참 요긴한 재료였다. 때로 우유와 뒹굴고 북어와도 한 몸이 되었다. 삶은 국수로 쌈을 만들고, 명란을 뭉쳐 튀기기도 했다. 구운 두부에 치즈를 올리고 떡볶이용 떡을 둥둥 과일 화채 위에 뗏목처럼 띄웠다. 요리의 끝은 지옥과 천국을 오고갔다. 매주 목요일 밤, 왕창 만든 음식을 마감 때문에 예민한 부엉이로 변한 동료 기자들에게 배달했다. 시식을 한 동료들은 냉정했다. 평가는 별점과 함께 지면에 올랐다. '별 2, 우리는 개나 소가 아니다', '별 3, 오묘한 첫사랑의 맛이로군', '별 4, 이번엔 먹을 만하다' 등 처절하게 비굴한 야식배달이었다. 실제로 요리의 내용보다 평가가 독자들에게 더 인기였다.

어쨌든 시작은 이랬다. 이 일은 ㅇ이 없었다면 힘든 일이었다. 그는 회사 앞에서 자취를 했다. 흔쾌히 매주 목요일 밤마다 부엌을 내주었다. 고마운 일인데도 그런 ㅇ에게 한 번도 고마움을 제대로 표현한 적이 없었다. 훌쩍 그가 경제지로 옮긴 후에 바람결에 소식을 접하고 염려하고 걱정하는 정도였다.

그가 도전한 새로운 일에 대해 자주 소식을 들었다. 경제지에 있으면서

사내 벤처처럼 만든 '이로운몰'이라는 회사의 대표가 된 것이다. '이로운
몰'은 사회적 기업을 지향하는 벤처다. 대표로서 고군분투하고 있다고 했
다. 늘 애처로운 ㅇ이다. 몸무게가 50킬로그램도 안 될 정도로 가냘픈 몸
에 '훅' 불면 날아갈 것 같은 체구를 가졌다. 밤마다 살을 찌우기 위해 일
부러 초콜릿을 한 통씩 먹기도 했단다. 오랜만에 늦은 밤 그리워서 통화
를 했다.

"언니, '우리 당장 만나' 할까요?"

그가 웃으며 말했다. 가수 장기하 버전이다. 고마움을 표시하기 위해
'나랑 밥 먹을래요?'를 할 요량이었다.

"뭐 좋아해?"

"삼계탕, 토마토나 양파수프."

옳다구나! 그를 위한 '밤참'을 해주리라! 요리명은 '내 마음대로 닭가슴
살 양파수프'가 좋겠다. 다시마로 우린 고운 물에 잘게 썬 양파를 넣고 한
동안 끓이다가 이미 익혀둔 닭가슴살을 쭉쭉 찢어서 넣은 수프를 만들어
야겠다. 간은 소금 대신 간장을 쓰자. 간장은 200년 넘게 이어져 오고 있
는 논산 교동 간장을 아주 살짝 넣어야겠다. 양파는 건강과 미식의 즐거
움을 함께 선사해 주는 먹을거리다. 단맛과 매운맛을 모두 가지고 있어
인생 같은 채소다. 오래전부터 인기도 많았다. 19세기, 미식의 도시로 유
명한 프랑스 리옹의 향토음식에는 양파가 많이 들어갔다고 한다. 양파는
햇볕을 많이 받을수록 굵기가 커지는 '해'바라기다. 굵은 양파를 재료로

쓰면 ㅇ이 그만큼 햇볕을 많이 담게 되는 것 아닐까! 햇볕을 충분히 받아 잘 자란 나무처럼 그도 튼튼했으면 좋겠다. 좀 이상한 논리긴 하다! ㅇ이 매기는 별점이 궁금해진다.

ㅇ의 고충담이 시작되었다. 나는 듣기만 했다.
간간이 추임새로 맞장구를 치고 포크질 사이로 격려도 했다.
식탁에서 일어날 때 ㅇ은 "아, 이제 좀 속이 후련하다"고 끝을 맺었다.

수다로 푼 텅 빈속에 꽉 찬 맛을 채우다

• 정통 프랑스요리

본성은 결코 변할 수 없는 것일까?

드라마 〈성균관스캔들〉(2010년 KBS에서 방송한 드라마)에서 윤희가 아무리 굵은 목소리로 '사형'이라고 외쳐도, 튼튼해진 팔뚝으로 과녁에 화살을 꽉 박아도, 처자 윤희를 향한 수컷 꽃도령들의 구애는 이어지는 걸 보면 말이다. 여고를 졸업한 이후 지금까지 남자가 7할이 넘은 공간에서만 있어왔다. 카메라를 밥벌이로 들었을 때는 더 심했다. 7할이 아니라 9할이었다. 처음에는 적응하기가 힘들었다. 남자들의 세계는 이러했다. 뭔일만 생기면 동굴에 처박히고, 고민을 상담하면 들어주기만 해도 되는데 조목조목 따져서 해결책을 제시하고, 말도 안 되는 편견들은 어찌 그리 또 많은지. 물론 하염없이 기대고 싶을 만큼 훌륭한 이도 있었다.

그런데 지금 나, 동굴에 처박히고 고민 상담을 해오면 해결책을 따진다. 나의 본성은 사라진 것일까? 지난주 만난 ㅇ은 젖은 타월이 서서히 마르면서 펴지듯이 나의 본성을 찾아주었다. ㅇ은 10년이 넘게 한 분야에서 일했는데, 어느 날 몸담고 있던 회사가 문을 닫게 되었다. ㅇ은 회사를 살리기 위해 사본가를 찾아 거리를 헤맸다. 세상은 보잘것없는 얇은 옷이라도 벗어던지면 가혹하리만큼 차갑고 매서운 곳이다. 올해 초 '물주'를 찾았다. 문제는 그때부터였다. '물주'는 그와 오랫동안 알고 지낸 사람이었다. 하지만 관계는 이미 '평등'이 아니라 '상하'로 바뀌었다. 스트레스는 ㅇ을 점령했다. 따스한 햇살이 오후의 창을 점령하는 청담동 비스트로 드 욘트빌♣에서 그를 만났다.

"CEO가 나서서 사업을 구상하고 시작해야지, 사업 파트너들은 만나지도 않고……."

o의 고충담이 시작되었다. 나는 듣기만 했다. 간간이 추임새로 맞장구를 치고 포크질 사이로 격려도 했다. 몇 시간이 지나고 식탁에서 일어날 때 o은 "아, 이제 좀 속이 후련하다"고 끝을 맺었다. 누군가의 말을 들어주기만 하는 것은 공감과 이해의 출발점이다. 여성들이 가진 큰 장점이다. 물론 무작정 들어주기만 하고 자신의 의견은 늘 뒷전에 처박아 두는 것은 좋지 않다. 하지만 들어줄 때와 주장을 할 때를 구별하는 법을 우리는 치열하게 당당하게 살면서 깨닫는다. 나는 다시 '들어주기'로 관계를 시작하는 '여성'이 되었다. 꼼꼼히 따지고 해결책을 제시하지 않았다. 해결책은 o이 찾아내리라.

'비스트로 드 욘트빌'은 청담동이라는 위압적인 동네에서 그나마 소박한 향취를 풍기는 레스토랑이다. 무엇보다 떠들기 좋다는 것이 커다란 장점이다. 요리사는 토미 리다. 천재 요리사인 토머스 켈러의 레스토랑 '더 프렌치 론드리'에서 일했다고 한다. '더 프렌치 론드리'가 얼마나 대단하냐면, 그 지겨운 미슐랭 별이 3개고,《레스토랑 매거진》(영국 잡지로 해마다 전 세계 음식전문가 800여 명을 대상으로 투표를 해 베스트 레스토랑을 뽑는다)이 여러 번 우수한 레스토랑으로 뽑은 곳이었다.

2010년, 출장 때문에 미국 캘리포니아주 욘트빌을 찾았다. 그곳에는 '더 프렌치 론드리'가 있다. 맛을 봤냐고? 한 달 전에 예약이 끝났다. '더 프렌치 론드리'가 주는 감동은 명성이나 예약률이 아니었다. 레스토랑 건너편에 식재료 밭이 있었다. 그 밭의 푸른 식재료들은 '더 프렌치 론드리'의 식탁에 오른다.

이날 우리는 '비스트로 드 욘트빌'에서 '가리비 무스를 넣은 닭고기', '저온 조리한 삼겹살과 항정살 듀오'를 먹었다. 샐러드는 신선했고 닭고기는 바삭했고 삼겹살은 은근했다.

아르바이트가 끝난 뒤엔 라면이 그를 위로했다.
육체노동을 즐기는 룸메이트와 별난 라면요리를 만들었다.
나와 그의 인연 역시 라면이었다.

배고프니까
청춘이다 · 라면

대학생 박형진 씨는 재미있는 아르바이트를 찾아내는 데 귀신이다. 룸메이트가 지하철 천장 청소, 편의점 담배간판 갈기 등 다소 힘든 일을 선호하는 반면, 그는 미술학원 두상 모델, 만화 캐릭터 연기, 방송보조 등을 했다. 그의 노동에는 파우더 가루처럼 나풀거리는 유머가 있다.

"코엑스에서 열린 전국 캐릭터대회에서 스폰지밥 인형을 입었어요. 앞에서 뽀로로가 춤추고 뒤에서는 파워레인저가 애크러배틱을 했죠."

스폰지밥 인형 안은 숯가마보다 더웠다. 안에는 감전의 위험이 있는 작은 선풍기 팬이 있었다. 그는 스폰지밥으로 인생을 하직할 순 없었다. 그것마저 끄자 더위는 폭발 직전의 화산으로 변했다. 땀으로 범벅된 짜증은 쉬는 시간 사라졌다.

"뽀로로가 '에이 못해먹겠다.' 소리 지르면서 주저앉아서 담배를 뻐금뻐금 피우는 거예요."

아르바이트가 끝난 뒤엔 라면이 그를 위로했다. 육체노동을 즐기는 룸메이트와 별난 라면요리를 만들어 먹는다. 일명 짜파구리. 짜파게티 면과 너구리라면 면을 삶고 국물을 모두 버린다. 수프를 모두 섞는다. 3 대 1 수프 비율을 좋아하는 이도 있지만 박씨는 1 대 1을 즐긴다. 혀가 짠 것을 그리워하면 볶음라면을 만든다. 삶은 면에 수프만 넣고 볶는다. 남미의 붉은 정열이 자린고비의 짠맛과 만난다. 콩나물을 라면의 2배 이상 넣는 그의 콩나물라면은 별미다.

"해장이 금방 되죠."

　라면이라면 놀고 있던 그의 미뢰(미각세포)들이 벌떡 일어난다. 나와 그와의 인연 역시 라면이었다. 그의 정교한 라면 맛 검증 능력이 2011년 출시한 신라면블랙의 맛을 평가하는 데 유용했다. 농심의 신라면블랙은 한국에서는 생산을 중단했지만 현재 미국과 중국 현지공장에서 생산을 하고 있다. 일본에도 수출하고 있다고 한다.

　감사의 뜻으로 '모신 곳'은 서울 지하철 2호선 합정역 부근 라면집 한성문고였다. 이미 일본라멘 마니아들 사이에서는 유명한 하카다분코의 주인 김연훈 씨가 연 라면집이다. 그는 돼지사골, 닭뼈, 생선(가쓰오부시와 고등어)을 우려낸 육수에 생면을 삶아 넣은 '서울라면'을 만들었다. 면은 숙성을 두 번 한다. 알칼리성 물로 처음 반죽한 뒤 20분 숙성, 다시

한 번 반죽하고 40분간 둔다. 알칼리성 물과 밀가루가 만나면 딱딱해지는 경향이 있다고 주인은 설명한다. 육수는 8시간 끓인다. 와우! 육수도 근로기준법의 노동시간을 지킨다. 고명은 돼지사태를 조린 것과 돼지오겹살이 올라간다. 사태는 사감선생처럼 깐깐하고 오겹살은 누이처럼 부드럽다.

"라면 맛 어때요?"

"와, 고급인데요. 면 좋네요. 제대로 느끼한 것 같아요. 비리거나 느끼한 맛이 없어요. 차슈도 눅눅한 지방 느낌이 좋아요."

그는 지금 휴학을 하고 20대 청년들이 창업한 '모자이크'(www.mosaicist.net)에 참여하고 있다. 모자이크는 따스한 감성이 묻어나는 콘텐츠를 온라인에 유통시키는 집단이다. 김예찬 씨와 그의 동생 김예신 씨가 만들었다. 모자이크에는 페이스북을 만든 마크 저커버그를 떠올릴 만큼 반짝이는 콘텐츠가 많다. 평범한 이들의 인터뷰(이것들은 지구를 덮을 만큼 거대한 모자이크로 다시 태어날 예정), '여행자의 마음', '흥얼흥얼 팔도 어쿠스틱' 등. 박씨와 김예찬 씨는 모자이크 오프라인 모임에서 만났다. 금세 의기투합해 함께 하게 되었다. 이들 말고도 20대 9명이 모자이크에 참여하고 있다. 사회적 기업에도 관심이 많은 이 청년들에게서 이 땅의 희망이 보였다.

한 달에 한 번꼴의 맛집 탐방 모임은 간간이 어색해하는 순간들이 찾아온다.
어색함을 해결하는 가장 좋은 방법은 '빵' 터질 유머를 풀어놓는 일이다.
이들에게는 언론계 개그보다는 요리계 개그가 필요하다.

맛있는 유머,
개운한 수다 · 전통 한과

에피소드 하나. 수습기자인 ㅇ은 늦은 밤 '그날의 임무'를 완수하고 회사로 들어가고 있었다. 그때 선배로부터 호출이 왔다. 삐삐가 있던 그 시절, 선배의 호출은 하느님의 명령보다 강한 힘을 가지고 있었다. 택시 안에서 안절부절못하고 있던 ㅇ은 카폰이 눈에 들어왔다. 기사님께 양해를 구했다. 조용한 택시 안, 쩌렁쩌렁한 선배의 호통이 이어졌다. 겨우 전화를 끝내자, 택시 기사가 분통이 터진다는 듯이 한마디 했다.

"아, 헤어지세요, 헤어져. 그런 여자는 안 돼요, 헤어져!!!"

선배는 여자였다. 선배와 ㅇ은 졸지에 연인이 되었다.

에피소드 둘. 한 언론사 시험장. ㅇ은 문제를 보고 땅 얻어맞은 기분이 들었다. '노원구란 무엇인가?' 노원구는 1988년 정식 이름을 얻었다. 아직 사람들이 '노원구'의 정체를 모를 때였다. ㅇ은 송골송골 땀을 흘리면서 고민 끝에 답을 적었다. '중화인민공화국의 역사적인 장군'. '노'자가 불러일으킨 참사였다. 귀동냥한 에피소드를 기자들의 술자리에서 터뜨리면 그야말로 '빵' 터진다. 하지만 웃음도 궁합이 있나 보다. 이 유머가 전혀 안 통하는 이들을 만났다. 비 오는 저녁, 종로통에서 떡요리사 ㅂ, 집에서 작은 텃밭을 '운영하는' ㄱ, 아직 결혼을 하지 않은 푸드코디네이터 ㅎ을 만났다. ㅎ은 후배뻘이지만 ㅂ과 ㄱ은 인생을 살아도 나보다 한참은 더 사신 분들이었다. 한 달에 한 번꼴의 맛집 탐방 모임은 간간이 어색해하는 순간들이 찾아온다. 어색함을 해결하는 가장 좋은 방법은 '빵' 터질 유머를 풀어놓는 일이다. 이들에게는 언론계 개그보다는 요리계 개

'질시루'의 떡

그가 필요하다. 예를 들자면, 레스토랑 주방에서 수석요리사가 '가버렸다'고 말하는 것은 무슨 뜻일까요? 이런 식의 퀴즈를 내는 것이다. 답은 '식재료가 상했다'이다. 그날은 한창 인기를 끌고 있는 사찰음식점을 갔다. 메뉴판에는 '옥수수죽: 고구마가 씹혀 더욱 고소한 맛'이나 '더덕샐러드: 더덕과 신선채소, 잣 드레싱' 등이 적혀 있었다.

"살짝 쓰지 않아요? 대단히 신선한 느낌은 아닌데요."

이런 평가가 부각과 과일 칩들이 후식으로 나올 때까지 이어졌다. 우리의 결론은 "가격에 비해 맛은 평범하네요. 뭐 그저 그러네요"였다. 마지막 먹었던 부각과 과일 칩의 끈적거리는 맛이 입안에 오랫동안 맴돌고 있었다. 찢어진 치마를 입은 것처럼 불편한 설탕 맛이었다. 무엇보다 마지막 맛이 중요한 법이다. 프랑스 요리사들이 디저트에 미친 듯이 신경 쓰는 이유다. 우리나라의 전통후식은 한과다. 명절에 요긴한 과자다. 보슬보슬한 유밀과만 떠오르기 쉬운데 의외로 종류가 많다. 강정, 약과, 매작과, 숙실과류, 대추초, 율란, 조란, 정과류, 엿, 다식 등 한식책을 넘기다 보면 놀란다. 달기는 하나 천박한 설탕의 흔적은 없다. 우리는 곧장 약속이라도 한 듯이 커피집으로 옮겼다. 결혼과 사랑을 주제로 세대 간 심도 깊은 대화가 이어졌다. ㅎ은 언니들에게 너스레를 떨었다.

"결혼하고 싶어요. 남자 좀 구해 주세요."

"혼자 사는 것도 나쁘지 않아, 좋은 남자 아니면 안 하는 게 나아."

ㅂ이 대답하는 사이 밤은 깊어만 갔다.

'생멸치쌈밥'이 식탁에 나오는 순간
'앗, 그 배의 그 맛이다'라는 소리가 뱃속에서 들렸다.
비릿한 맛도 살아 있었다. '생멸치조림'보다 더 반가운 것은
식탁 앞에 마주앉은 후배 ㄱ이었다.

——

스승 같은
후배에게
건투를 빌다 · 생멸치조림

남해로 향하는 버스에 오르자 울렁거리기 시작했다. 2009년도의 일이다. 배를 탄다는 사실만으로 두려움이 엄습했다. 취재 길에 그런 기분은 처음이었다. 지구를 침공한 외계생물체를 만나러 가는 기분이라고나 할까! 오래전 속초에서 곰치잡이 배를 탔던 기억 닷이나. 새벽 5시 거울바다의 곰치 배는 적들에게 포위된 우주선 같았다. 롤러코스터를 탄 것처럼 온몸이 흔들거리고 속이 메스꺼웠다. 그때의 괴로웠던 기억 때문에 남해의 멸치잡이 배 취재도 공포로 다가왔다. 다행히 18톤인 멸치잡이 배에서는 멀미에 시달리지 않았다. 대신 취재하는 내내 온몸에 갓 잡은 비릿한 멸치들이 딱정벌레처럼 달라붙어 고약한 냄새를 풍겼다. 나는 커다란 멸치로 변했다. 정오가 되자 기적이 일어났다. 어부는 갓 잡은 통통한 멸치들을 고춧가루와 갖은 양념으로 졸이고 김이 모락모락 나는 흰밥 위에 얹어주었다. '생멸치조림'은 맛난 거라면 사족을 못 쓰는 미련한 인간에게 신이 하사한 선물이다. 노동의 끝에 먹는 밥은 최고다. 도시에 돌아와서도 그 맛을 잊을 수가 없었다.

서울 영등포구 여의도동 구정숙추어탕♠에서 그놈을 만났다. '생멸치쌈밥'이 식탁에 나오는 순간 '앗, 그 배의 그 맛이다'라는 소리가 뱃속에서 들렸다. 쌈 채소와 갖은 양념으로 졸인 '생멸치조림'이었다. '생멸치조림'보다 더 반가운 것은 식탁 앞에 마주앉은 후배 ㄱ이었다. ㄱ과의 인연은 〈엑스파일〉(1993년 시작해 전세계적으로 인기를 끈 미국 드라마)로 시작한다. 그와 나는 로맨스도 없는 기괴한 이야기투성이인 〈엑스파일〉 시리즈를 방송 초창기부터 좋아했다. 같은 것을 좋아한다는 점은 서로를 연결해주는 강한 끈이 된다.

한때 그 후배는 마음고생이 이만저만이 아니었다. 남편 때문이었다. '남편'이 등장하면 왠지 〈사랑과 전쟁〉(KBS 방송 프로그램)이 생각난다. ㄱ의 고민은 그런 종류가 아니다.

그의 남편은 노조위원장이다. 스마트폰이 길을 찾아주고 고화질 시시티브이가 범인을 잡는 이 시대에 노조를 와해시키려는 회사의 탄압은 예전과 다름이 없다. 계략은 더 치밀하고 지능적이다. 마음고생이 심한 그의 남편은 백기를 들까도 생각했다. 그때마다 ㄱ이 마음을 잡아주었다.

"그런 생각할 거면 차라리 집에 들어앉아! 다 때려치워!"

ㄱ은 남편이 배신자 소리를 들으며 괴로워하는 걸 보는 게 더 힘들 것 같다고 했다. 아내의 강한 의지는 큰 힘이 되었다. ㄱ은 자신만의 방법으로 격려하고 있었다. 후배지만 스승 같은 ㄱ은 철딱서니 없기로는 둘째가라면 서러운 나에게 늘 언니처럼 인생에서 중요한 국면마다 아주 상식적인 조언을 해주었다. 그가 제시한 해답은 평범했지만 늘 정답이었다.

가족만큼 아끼고 사랑하는 후배는 내게 든든한 인생의 버팀목이다. 은은한 봄바람 같은 후배, 죽을 때까지 함께 술 마시고 사랑할 후배, 건투를 빈다. '생멸치조림'이 힘이 됐어야 할 터인데.

"언니, 근데 맛있는데 난 좀 비리다."

흐흐! 비린 맛이 생명이야!

이런! 탐라국에서 내 미모에 반해 졸졸 따라온 '놈'이 개라니!
놈은 꼬리를 살랑살랑 흔들며 나를 잡아끌기 시작했다.
애정이 잔뜩 묻은 흐느적거리는 표정으로!
녀석이 끌고 간 곳에는 놀랍게도 미향이 있었다.

서울의 미향,
제주의 미향을
만나다 · 고기국수

길을 걸었지

누군가 옆에 있다고 느꼈을 때

나는 알아버렸네

이미 그대 떠난 후라는 걸……

마음은 얼고 나는 그곳에서 서서 조금도 움직일 수 없었지

제주도 서귀포시 남단의 한 어촌마을, 낮은 지붕과 우윳빛 담장이 멋스럽다. 제주도가 고향인 ㄱ기자를 닮은 아이들이 구름처럼 모여든다.

"이거 카메라예요?"

삐뚤빼뚤 아무렇게 자른 앞머리, 하늘로 제멋대로 솟은 두상, 한 손에 든 종이컵에는 떡볶이가 들어 있었다.

"떡볶이 맛있어?"

"사 드세요."

아이들을 떠나보내고 섬 바람을 풍족하게 맞고 있는데 '누군가 옆에 있다'고 느껴졌다. 초롱초롱한 눈망울로 〈슈렉〉의 장화고양이처럼 빤히 나를 쳐다보는 '호순이'. 이런! 탐라국에서 내 미모에 반해 졸졸 따라온 '놈'이 개라니! 놈은 꼬리를 살랑살랑 흔들며 나를 잡아끌기 시작했다. 애정이 잔뜩 묻은 흐느적거리는 표정으로!

녀석이 끌고 간 곳에는 놀랍게도 미향♨이 있었다. 음식점이다. 제주도에서도 미향을 만나다니! 사실 전국 방방곡곡에 음식점 미향은 많다. 호

순이는 미향에 산다. 두 살이다. 진돗개와 사냥개의 피가 반씩 섞인 놈이란다. 매끈한 피부, 목덜미부터 꼬리까지 길게 이어지는 유연한 줄무늬, 총명한 눈동자……. 볼수록 사랑스럽다.

"암컷인데도 예쁜 여자를 좋아해요."

미향의 주인이 말한다. 낯선 곳에서 만난 내 이름은 반갑기도 하고 어색하기도 하다.

미향은 관광지에서는 볼 수 없는 평범한 제주도 음식점이다. 차림표에는 '고기국수', '벵어돔김치찜', '짜투리연탄구이' 등이 적혀 있다. 무엇을 먹을까? 당연히 고기국수다.

고기국수는 제주도를 대표하는 향토음식이다. 돼지고기 삶은 물에 면을 말고 돼지고기 조각을 얹어 먹는 국수로, 혼례나 집안 잔칫날에 먹었다. 여러 가지 설이 있지만 한국전쟁 이후 먹기 시작했다는 설이 유력하다. 1970년대는 육지 사람들에게도 알려져 인기를 누렸다고 한다. 맛이나 고기를 얹는 방식이 일본 돈코츠 라멘과 닮았다.

"제주도는 소를 잡지 않아요. 잔칫날 기른 돼지를 몇 마리 삶고, 그 물을 이용했죠. 요즘은 돼지 잡뼈를 많이 사용해요."

제주도 향토음식연구가 김지순 씨의 설명이다.

미향의 고기국수는 전통적인 고기국수와 달랐다. 국물은 멸치, 무, 대파 등으로 우린 물과 돼지고기 삶은 물을 반씩 섞었다. 고명으로 올라간 돼지고기 조각은 된장 등을 넣어 삶은 것이 아니어서 독특한 풍미는 없

다. 소박하게 삶은 돼지고기 자체였다. 미향의 주인 허춘자 씨는 외지 사람들 입맛을 생각해서 멸치 국물을 사용한다고 했다. 요즘 제주도는 허씨처럼 멸치 국물과 돼지 잡뼈를 우린 물을 반씩 섞는 집들이 생겨나고 있다. 음식은 시대를 따라 진화하게 마련인가 보다!

자리를 잡고 면을 쭉쭉 당겨 후루룩 입안으로 빨아들이는데, 호순이가 아예 내 앞에 자리를 잡았다. 면은 끊어질 듯 끊어지지 않는 묘기를 부리는데, 면 한 젓가락 올릴 때마다 호순이와 눈이 마주쳤다. 흐뭇한 표정이다. 이 이야기는 2011년 일이다. 현재 호순이는 6개월 전 몰지각한 사람이 먹인 음식 때문에 죽었다. 춘미향(제주도의 다른 '미향'과 구별하기 위해 '춘'자를 달았다)의 식구들은 며칠을 울었다. 이제 다시는 개를 키우지 않을 생각이란다.

인생에서 넘어야 할 첫 번째 언덕을 만난
그를 청국장 집으로 초대했다.
몸에 좋은 청국장으로 그를 위로할 생각이었다.
정신적으로 힘든 시기에는 몸이 튼튼해야 한다.

——

지친 영혼을
위로하는
깊은 맛 · 청국장

그는 팔랑팔랑 계단을 내려와 청국장 집으로 들어왔다. 까만색 슈트를 입은 모습은 눈이 부셨다. 겉옷을 벗자 민소매에 하얀 팔이 드러났다. 역시 눈이 부셨다. 욕심 많은 커리어우먼인 30대 초반의 ㅇ, 누가 봐도 그에게서는 프로의 냄새가 났다. 그가 요즘 고민에 빠졌다. 새로 부임한 직장상사와 맞지 않아 충동적으로 사표를 던진 것이다.

인생에서 넘어야 할 첫 번째 언덕을 만난 그를 청국장 집으로 초대했다. 몸에 좋은 청국장으로 그를 위로할 생각이었다. 정신적으로 힘든 시기에는 몸이 튼튼해야 한다. 그에게 청국장을 권했다.

그는 몇 숟가락 뜨지 않고 한숨을 쉬었다.

"면접 보는 일은 쉽지 않아요."

우아한 복장은 면접을 위한 것이었다. 그는 최근 두 곳에서 오라는 소리를 들었다고 한다. (요즘 같은 시대에 복도 많지!) 하지만 선뜻 결정을 못 내리고 있었다. 한 곳은 신생 회사로, 들어가면 월급은 적고 할 일은 태산 같지만 그가 하고 싶은 일을 할 수 있다. 다른 한 곳은 대기업으로, 이전의 회사에서 했던 일이 이어져서 일은 익숙할 테지만 미래를 설계할 수는 없다. 또 그 일로 입었던 상처가 되풀이될지 모른다는 걱정도 앞선다.

"어디를 선택해야 할까요?"

내게 묻는 그에게 나는 이렇게 대답한다.

"두 곳 중에 어떤 곳이 더 심장을 뛰게 해? 어떤 일이 더 재미있을 것 같아?"

후배는 말이 없다.

"그럼 이 청국장을 맛보고 닮은 회사를 골라 봐."

우리 전통음식인 청국장 같은 일터를 찾으면 행복하지 않을까! 청국장은 먹으면 먹을수록 애정이 솟는 음식이다.

청국장은 발효식품이었다. 콩으로 만드는 발효식품 중에서 가장 짧은 기간에 만든다. 청국장은 만드는 방법이 간단하다. 삶은 콩을 시루 같은 곳에 담아 40도가 넘는 곳에 2~3일 동안 두면 발효가 된다. 끈끈한 실 같은 것이 생기면 소금, 파, 마늘, 고춧가루 등을 섞어 만든다. 예로부터 된장과 마찬가지로 청국장은 쌀이 주식이었던 우리나라 사람들에게 중요한 단백질 공급원이었다. 주로 찌개로 만들어 먹은 청국장은 5분 이상 끓이지 않는 게 좋다고 한다. 청국장 안에 있는 좋은 균을 죽이지 않기 위해서란다.

후배가 청국장을 먹고 어떤 결정을 내렸는지 아직도 모른다. 청국장이 도움이 되었는지도 알 수 없다. 그저 건강한 밥 한 끼 먹이는 것이 선배로서 할 수 있는 최선이었을 뿐이다.

자신은 가망성 없는 노처녀라고 낙담하는 서른여덟 살의
ㅅ과 노처녀가 될지도 모른다는 불안감에 시달리는 서른 살의 ㅇ.
ㅅ과 ㅇ의 인생도 오늘 우리의 식탁처럼 풍성하면 좋으련만
그들의 생각은 달랐다.

——

인생은 느긋하게,
불안해하지
말고 · 중국요리

라즈웰 호소키가 그린 만화『술 한잔 인생 한입』은 그림부터가 엉성하다. 엉뚱한 술꾼 이와마 소다츠의 엉성한 술 이야기를 모은 일본 만화다. 이와마는 '해가 저물고 으스름달이 고개를 내미는 봄날 밤' 선술집을 찾고, '된장을 볶는 느지막한 가을날 화로 곁에서' 술상을 받고 '눈 내리는' 아침에도 술잔을 기울인다. 평범한 샐러리맨 이와마는 일상의 철통같은 압박을 느긋한 표정과 술 한잔으로 퇴치한다. 이 만화의 매력은 페이지마다 도배질된 엉성한 느긋함이다.

주인공은 홀로 술 기차여행을 떠난다. 출발부터 맥주 한 캔을 따고 사케로 넘어간다. 안줏감으로 고른 마른오징어에 라이터를 들이대는 센스도 느긋하다. 창밖으로 바다가 보이면 도시락을 먹고, 옆자리 낯선 이가 말을 걸면 건배를 한다. 사케 캔이 창틀에 차곡차곡 쌓일 때쯤 잠이 들었다가 다시 그 기차를 타고 돌아온다. 주인공이 추천하는 술꾼들의 안주도, 맛있어야 한다는 압박은 없다. 부엌으로 달려가 바로 요리를 하고 싶어질 뿐이다. 그의 머위된장은 만들기도 간단하다. 머위를 뜯어 끓는 물에 2~3분 데치고 냉수에 잠시 담가 풋내를 뺀다. 물을 짜낸 뒤 칼로 다진 다음 설탕을 조금 넣은 된장과 잘 섞고 다시 칼로 다지면 된다. 살짝 씁쓰레한 맛이 술맛을 돋운다. 술안주로 꽁치 한 마리를 7가지 단계로 먹어치우는 장면에서는 느긋함이 어떤 경지에 오른 느낌까지 준다.

이 만화를 읽는 내내 이 느긋함을 ㅅ과 ㅇ에게 선물할 수만 있다면, 아니 하고 싶다는 생각이 들었다. 자신은 가망성 없는 노처녀라고 낙담하

는 서른여덟 살의 ㅅ과 노처녀가 될지도 모른다는 불안감에 시달리는 서른 살의 ㅇ. 중국집 루이 마포점🍃에서 여자들의 식탁은 풍성했다. ㅅ과 ㅇ의 인생도 오늘 우리의 식탁처럼 풍성하면 좋으련만 그들의 생각은 달랐다.

'일과 사랑에서 모두 승리하는 여성이 되길!'

예로부터 떠돌던 한 여성학자의 당부는 코페르니쿠스의 지동설처럼 절대적인 힘을 가지고 있었다. ㅅ과 ㅇ은 직장에서 인정받는 인재들이다. 심지어 선후배, 동료들의 사랑도 한 몸에 받는다. 그야말로 '일에서는 승리한 여성'들인 셈이다! 하지만 그놈의 '사랑'이 문제다. ㅅ은 하도 답답해 철학관에 가서 사주팔자를 봤다고 했다. 내년부터 남자들이 줄을 선다는 운명철학자의 말에 큰 위로를 받았다.

ㅇ은 '가슴이 떨리기는커녕 만나면 도망갈 생각부터 드는 남자'와 세 번 만났다. 남자는 첫눈에 ㅇ에게 반했다. ㅇ은 순박한 능력자인 그 남자를 아직 뿌리치지 못했다. 불안은 더 큰 불안을 몰고 오는 법, 작은 돌멩이가 눈 쌓인 언덕을 구르다 보면 덩치 큰 백곰처럼 변하는 것처럼 불안이 엄습한다. 초절임을 만들 때 식초를 너무 쏟아부으면 불안한 것과 같다. 도저히 인간의 혀와 코가 감당할 수 없는 시큼함이 재료를 점령하고 식재료의 본연의 기품 있는 맛을 강탈할까 큰 걱정에 휩싸인다. 이때 불안에 떨고만 있으면 초절임은 진짜 쓰레기가 된다. 다른 재료를 더 넣어 해결책을 찾아야 한다.

인생은 장거리 마라톤이다. 같이 뜀박질할 사람을 고르는 일에 불안보다는 느긋함이 더 요긴한 재료다. 어떤 재미있는 일이 벌어질지 누가 알겠는가! 인생은 끝이 보이지 않는 레드카펫인데!

인생의 식탁

초밥

기꾸(菊)

🏠 서울시 용산구 이촌동 301-
160 현대아파트상가 31-11호
☎ 02-794-8584

기꾸의 요리사 김태원 씨는 14년
이 넘게 한 자리를 지키고 있다.
점심식사로 14개 초밥이 4만 5천
원에 나온다. 만만한 가격은 아
니지만 맛이 좋다. 초밥이 나올
때마다 녹차 한잔으로 입을 씻고
먹으면 각각 다른 초밥의 맛을
더 잘 느낄 수 있다.

스시 사찌(幸)

🏠 서울시 용산구 한남동 657-95
☎ 02-792-4335

오너 셰프인 장문창 씨는 신라호
텔 일식당 '아리아께'에서 일했던
이다. 신라호텔 근무 경력은 18년
이다. 점심 초밥정식이 2만 9천
원, 점심 사시미정식은 3만 9천
원이다. 생선조림요리는 살살 녹
는다.

회

남해바다

🏠 서울시 마포구 도화동 536
정우상가 1층
☎ 02-707-3101

봄에는 도다리, 병어, 삼치, 여름
이면 민어, 가을에는 전어들을
먹을 수 있는 곳. 도다리쑥국은
해장에 그만이다. 가격대는 2만
5천 원~10만 원.

비빔밥

목멱산방

🏠 서울시 중구 예장동 산 5-6호
☎ 02-318-4790

서울시의 위탁을 받아 운영하는
곳. 남산이 한눈에 보이고 한옥
에서 고즈넉하게 밥을 즐길 수
있다. 산방비빔밥 6천 원, 불고기
비빔밥 8천 원, 육회비빔밥 1만 원.

건강한식

에코밥상

🏠 서울시 종로구 적선동 94번지
후빌딩 2층
☎ 02-736-9136

2007년 현재 대표인 김경애 씨
와 27명이 공동출자한 친환경음
식점이다. 식재료는 '환경연합 에
코생협'에서 구입한다. 단품은 1만
원~4만 5천 원, 코스는 7만 7천
원(7가지), 3만 3천 원(4가지),
4만 5천 원(5가지).

와플

벨기에 와플

🏠 서울시 영등포구 여의도동
53-11 상아빌딩 1층
☎ 02-3775-0608

벨기에인이 운영하는 집. 와플은
2천1백 원.

프랑스 음식

라 싸브어(La Saveur)
🏠 서울시 서초구 반포4동 76-1
☎ 02-591-6713

'르 코르동 블뢰'(프랑스 요리학교)를 수석졸업한 진경수 셰프가 10년 넘게 한 자리를 지키면서 전통적인 프랑스 맛을 내는 곳. 코스는 5만 5천 원(5가지), 7만 5천 원(7가지), 11만 원(8가지). 점심식사는 1만 5천 원~4만 원.

레스쁘아 드 이브
(Lespoir du hibou)
🏠 서울시 강남구 청담동 91-5
☎ 02-517-6034

미국, 존슨 앤 웨일스(요리전공)를 졸업한 임기학 셰프가 운영하는 프렌치 레스토랑.

막걸리

이박사의 신동막걸리
🏠 서울시 마포구 용강동 494-41
☎ 02-702-7717

네이버 파워블로거였던 이원영 씨가 운영하는 막걸리집. 경북 칠곡 신동양조장 막걸리와 경상도식 안주가 맛깔스럽다. 싱글몰트위스키도 있다.

남도 음식

향원
🏠 서울시 영등포구 여의도동 36-2 여의도백화점 7층
☎ 02-786-0070

코스요리는 가격은 같지만 메뉴의 내용이 조금 다르다. 가격은 http://blog.naver.com/hyangwonfood 참조.

남도제철음식점
🏠 서울시 영등포구 여의도동 13-20 프린스텔빌딩 지하 1층
☎ 02-780-7802

남도의 제철식재료로 만든 음식들이 있다. 홍어, 꼬막 등 맛깔스러운 남도음식점. 방은 예약필수. 단품은 2만 원~5만 원. 점심 코스 2만 원(5가지). 저녁 코스 2만 5천 원(5가지)~3만 원(6가지).

목포홍탁
🏠 서울시 용산구 이태원2동 (경리단길) 이태원 제일시장 안
☎ 02-793-0775

삶은 돼지와 한 달 이상 삭힌 목포산 홍어가 있다. 노지 깻잎과 곰취로 만든 장아찌, 5가지 종류의 나물, 전라도 김치 등 12가지가 넘는 반찬이 푸짐하다. 홍어 요리는 4만 원~10만 원. 이곳은 주인장이 전화를 잘 받지 않는다. 직접 찾아가는 게 상책.

스페인음식

스페인클럽
🏠 서울시 강남구 신사동 524-30
☎ 02-515-1118

다양한 스페인 음식이 있는 집. 최근 몇 년 사이 홍대점, 이태원점이 문을 열었다.

통닭

꼬꼬영양통닭
🏠 전주시 완산구 경원동2가 53-5
☎ 063-283-2655

김금술, 장월주 부부가 운영하고 있는 '꼬꼬양양닭'은 40년 역사를 가졌다. 기름을 쏙 뺀 통닭이 파삭파삭하고 맛나다. 70년대 향수를 불러일으킨다.

오복통닭
🏠 부산광역시 중구 부평2가 76-1번지
☎ 051-244-4090

부산 깡통시장 옆 부평시장 안에 있다. 닭 한 마리를 통으로 튀긴 통닭이 있다. 포장지로 20년 넘게 누런 종이와 비닐봉투 고집한다. 통닭 한 마리 가격은 1만 4천 원.

우정의 식탁

프랑스 가정식

꼬꼬뜨(La Cocotte)

🏠 서울시 용산구 한남동 28-9
☎ 02-798-0052

홍익대 미대를 졸업하고 파리8
대학에서 조형예술로 박사학위
를 받은 김부연 씨와 그의 아내
문영화 씨가 운영하는 프랑스 가
정식 레스토랑. 가격대는 6천 원
~3만 원대.

중식

마라샹궈

🏠 서울시 종로구 통인동
147-15번지
☎ 02-723-8653

훙탕, 백탕을 오가는 뜨거운 훠
궈가 손님을 맞는다. 훠궈는 1인
분이 1만 5천5백 원. 오너 셰프
인 고영윤 씨는 중국 베이징신동
방요리학교를 졸업했다. 중국 국
가공인 고급요리사 자격증도 획
득했다. 마라샹궈(사천식 볶음요
리)도 있다. 최근 몇 년 사이 중

국 베이징에서 큰 인기를 끄는
음식이다. 매운 고추와 함께 한
약재가 들어가 위와 장을 보호한
다고 알려져 있다.

중국

🏠 서울시 종로구 청운동 59-4
☎ 02-737-8055

재료가 떨어지면 문을 닫는 중국
집. 대체로 1시 30분에 문을 닫
는다. 짜장면 4천 원, 짬뽕 5천
원, 요리는 3가지밖에 없다. 탕수
육 1만 5천 원, 칠리새우 2만 5천
원, 저녁 장사는 안한다.

고등어초회

주호

🏠 서울시 서초구 서초3동
1569-9
☎ 02-3487-1040

24시간 숙성한 고등어초회가 있
다. 화가인 최수현 씨가 일본에
서 배운 고등어초회를 내놓는다.
약 1만 5천 원부터 3만 5천 원까

지. 2003년 서울 지하철 5호선
아차산역 부근에 문을 열어 인
기를 끈 주호와 서초동 주호는
2011년에 합쳤다.

소바

스바루

🏠 서울시 서초구 방배본동
18-23
☎ 02-596-4882

소바(일본식 메밀국수)와 우동을
함께 판다. 모리소바(대나무 발
에 면을 얹어 먹는 소바) 4종류,
가케소바(뜨거운 국물에 면을 담
가 먹는 소바)가 8가지다. 주인
강영철 씨가 메밀 수타면 제조법
을 일본 도쿄에서 배워왔다. 8 대
2로 메밀과 밀가루를 섞어 반죽
해 70~80센티미터 정도 길이로
면을 만든다. 가격은 1만 원~1만
6천 원.

한국식 선술집

한남북엇국

🏠 서울시 용산구 한남동 73-2
☎ 02-2297-1988

2008년 문을 열었지만 일찌감치 이 동네 맛집으로 유명세를 타고 있는 집. 사골국물에 명태를 넣어 끓인 북엇국이 유명. 가자미전 등 다양한 전과 사골국물에 쇠고기 양지머리를 삶은 자박수육 등이 있다. 가격은 5천 원~3만 5천 원.

일본식 선술집

이꼬이

🏠 서울시 용산구 이촌동 301-40
☎ 070-8279-9408

참치다타키, 쫄깃한 면과 갖가지 채소가 새콤하게 얽힌 우동샐러드, 소보로덮밥 등이 있는 우아한 일본식 선술집. '패피'(패션 피플)이 자주 찾는 곳. 주인 정지원 씨는 미대를 졸업하고 대기업 홍보 마케팅 업무를 했던 이다.

파스타

소년상회

🏠 서울시 광진구 자양동
580-1번지
☎ 02-447-5669

주인 채낙영 씨는 지하철 2·7호선 건대입구역 광진문화회관 근처에 있는 포장마차에서 다양한 파스타를 내놓아 인기를 끌었다. 2012년 8월 1일에 같은 이름으로 작은 가게를 열었다. 스파게티는 9천 원, 메인요리는 1만 1천 원.

사찰음식

대전 영선사

🏠 대전광역시 서구 도마 2동
☎ 042-523-1144

사찰음식은 절에서 먹는 게 제맛이다. 법송스님이 공양간을 책임진다. 부각(김이나 깻잎 등에 찹쌀풀을 발라 말려 두었다가 기름에 튀긴 요리), 묵나물(묵은 나물요리) 등. 정월대보름에는 20여 가지 나물이 영선사 식탁에 오른다.

숯불불고기

금화로불고기

🏠 서울시 마포구 동교동 158-10
☎ 02-334-3312

주방에서 숯불에 구운 불고기가 나온다. 인테리어도 깔끔하다. 돼지불고기, 소불고기, 한우불고기, 오징어불고기 등. 가격은 200그램 기준 8천5백 원~2만 1천5백 원.

양(소의 위)과 대창, 곱창

신당양곱창

🏠 서울시 영등포구 여의도동
13-20
☎ 02-780-9454

1990년부터 신당동에서 자리 잡았던 '신당양곱창'이 2011년 여의도로 이사를 왔다. 특양 150그램에 2만 5천 원, 대창, 곱창 150그램에 2만 3천 원.

양꼬치

소고산제일루

🏠 서울시 마포구 서교동 366-13
☎ 02-3141-3045

2008년 문 연 집. 중국 하얼빈이 고향인 중국인이 운영하는 곳. 양꼬치 10개가 9천 원. 쇠고기 힘줄, 염통 등의 꼬치구이도 있다. 면 요리도 쫄깃하고 얼큰해 찾는 이들이 많다.

서대문양꼬치

🏠 서울시 마포구 연남동 258-1
☎ 02-336-8885

양갈비살 꼬치 10개에 1만 2천 원. 양등심 꼬치 10개에 1만 원. 중국 헤이룽장성(흑룡강성)이 고향인 조선족 이순광 씨가 운영.

사랑의 식탁

한정식

안거리 밖거리

🏠 제주특별자치도 서귀포시
　　송산동 584-3
☎ 064-763-2552

'정식'과 '비빔밥' 두 가지 메뉴만
있다. 정식은 옥돔구이, 돔베고기
(삶은 돼지고기를 도마에 담아내
는 음식)와 17가지 반찬으로 구
성. 무항생 인증 돼지고기를 판
매하는 제주도 길갈축산 고기 사
용. 다양한 나물이 식탁을 메운
다. 가격은 정식이 8천 원, 비빔
밥이 7천 원.

돼지고기와 족발

원조숯불소금구이

🏠 서울시 광진구 화양동 20-25
☎ 02-2205-0808

주인 황종현 씨는 한자리에서 17
년간 돼지고기를 구웠다. 돼지의
목살, 항정살 등이 있다. 된장과
고추장, 멸치 우린 물, 우거지 등
이 들어간 독특한 된장찌개도 유

명하다. 항정살(고기를 취급하는
이들이 흔히 돼지고기 치맛살이
라고 부른다) 가격은 150그램에
1만 2천 원.

흑돈가 삼성직영점

🏠 서울시 강남구 삼성동 147-15
☎ 02-2051-0008

제주도에 본점이 있는 제주흑돼
지전문점. 가격은 1만 3천 원~1만
4천 원.

와글와글족발

🏠 서울시 종로구 창신동 573-1
☎ 02-765-0319

1975년에 문을 연 집. 매일 약
100개의 족발을 삶는다. 그날 준
비한 족발이 떨어지면 문을 닫는
다. 삶은 후에는 족발을 냉장고
에 넣지 않고 선풍기에 식힌다.
가격은 2만 2천 원~2만 7천 원.

명가흑돈마을

🏠 제주특별자치도 서귀포시
　　대포동 747-2
☎ 064-739-8295

제주롯데호텔 양식당 출신 요리
사 나정상 씨가 연 집. 호텔에서
좋은 평가를 받았던 돼지고기를
나씨도 들여온다. 주방의 스테이
크 그릴에서 초벌구이해서 나온
다. 200그램에 1만 5천 원~1만
7천 원.

프랑스 음식이 있는
개스트로 펍
(gastro pub)

루이쌍끄

🏠 서울시 강남구 신사동 657,
　　2층
☎ 02-547-1259

팻덕, 가지그라탕 등, 그다지 무
겁지 않은 프랑스 음식들이 있
다. 현장에서 실력을 닦은 이유
석 셰프가 주인장이다. 양파수프
1만 2천 원, 2만 3천 원~3만 원.
메인요리는 4만 원.

비앙 에트로(Bien-etre)

🏠 서울시 종로구 화동
106-5번지

☎ 02-720-3959

강남구 청담동에서 2012년 9월 현재의 장소로 이사를 했다. 박민재 셰프가 맛을 책임진다. 점심 코스요리 3만 원~5만 원, 저녁 코스요리 7만 원~9만 원 (7가지)

뷔페

스모가스

🏠 서울시 중구 명동 1가 6번지
서울로얄호텔 21층

☎ 02-777-9964~9965

한국 최초의 뷔페 스칸디나비아 클럽을 운영했던 김석환 사장이 아들과 함께 운영하는 곳. 청어 절임 등, 북유럽 음식이 있다. 가격은 3만 원~4만 원.

일본식 선술집

소화

🏠 서울특별시 중구 신당2동
374-6

☎ 02-2233-0124

지하철 3호선 약수역 2번 출구에서 가깝다. 눈에 띄지 않는 간판 때문에 찾기가 쉽지는 않다. 각종 덮밥과 다양한 일본 선술집 음식이 있다. 약 4천5백 원~1만 6천 원대.

만두

마포만두

🏠 서울시 마포구 서교동 393-1

☎ 02-333-9842

갈비만두, 고기만두 등, 여러 가지 만두가 있다. 서울 지하철 2호선 합정역 2번 출구에 있다. 분식 점답게 인테리어는 소박하다. 갈비만두 3천 원, 고기만두 3천 원.

인천 차이나타운

이곳에는 다양한 종류의 만두를 파는 중국집들이 많다.

디저트

르 쁘띠 푸(파스타전문점)

🏠 서울시 마포구 상수동 86-37

☎ 02-322-2669

마카롱, '똥케이크' 등, 맛깔스러운 디저트가 많은 곳이다. '르 쁘띠 푸'는 '작은 오븐'이라는 뜻이다. 주인장 김대현 씨는 프랑스의 호텔학교 '폴 보퀴스'(Paul Bocus)를 졸업했다. 가격대는 약 1천5백 원~6천8백 원. 2011년 6월 홍익대 앞에서 현재 장소로 이전했다.

스테이크

이트리

🏠 서울시 강남구 신사동 533-9

☎ 02-798-0289

스테이크 전문레스토랑. 오너 셰프 김욱성 씨는 국내에서 식품영양학과를 졸업하고 미국에서 호텔경영학을 전공한 뒤 요리학교 존슨앤웨일스를 졸업했다. 할머니의 레시피로 만든 백김치도 있다. 스테이크디너는 약 5만 원~7만 원, 파스타 2만 원대.

부처스 컷 이태원점

🏠 서울시 용산구 한남동
738-23

☎ 02-798-8782

삼원가든이 문을 연 스테이크집이다. 드라이에이징(건조숙성)한 스테이크가 있다.

빵

브레드 랩

🏠 서울시 영등포구 여의도동
13-25 정우빌딩 1층

☎ 02-782-0501

고르곤졸라상, 고구마치아바타, 녹차대니시, 우유크림빵 등. 주인장은 도쿄제과학교를 졸업했다. 가격은 1천3백 원~4천 원.

위로의 식탁

냉면

평양면옥

🏠 강원도 철원군 서면 와수리
☎ 033-458-2044

꿩육수로 국물을 내고 꿩고기가 고명으로 올라가는 냉면이 있다. 꿩냉면 7천 원, 꿩비빔냉면 7천5백 원.

우성냉면

🏠 인천광역시 옹진군 백령면 연화리 63
☎ 032-836-0959

백령도에 있는 냉면집. 황해도식 냉면의 흔적이 남아있다. 돼지뼈로 국물을 우리고 메밀함량이 높다는 것이 특징. 냉면 국물에 까나리액젓을 넣어 간한다. 수육은 사르르 녹는 맛, 냉면은 면이 뚝뚝 끊어질 정도 구수하다. 냉면 5천 원, 수육 8천 원, 메밀홍합전 7천 원.

양식

비스트로 드 욘트빌

🏠 서울시 강남구 청담동 83-6
☎ 02-541-1550

수비드(sous-vide, 저온진공조리법)으로 요리한 돼지삽겹살구이가 있다. 가격은 3만 4천 원. 미국의 요리학교를 졸업한 토미 리 셰프가 주방을 책임지고 있다.

라면

한성문고

🏠 서울시 마포구 서교동 394-93, 2층
☎ 02-332-7900

일본라멘 마니아들 사이에는 유명한 하카다분코의 주인 김연훈 씨가 운영하는 곳. 닭뼈, 생선(가쓰오부시와 고등어)을 우려낸 육수에 생면을 삶아 넣는다. 고명은 돼지사태를 조린 것과 돼지오겹살이 올라간다. 가격은 서울라면 1만 원, 인라면 7천 원.

리코멘

🏠 서울시 강남구 역삼동 837-26 삼일프라자 107호
☎ 02-556-7652

'토마토 루꼴라 라면', '크림치즈 바질라면' 등, 재미있는 라면들이 많다. 이탈리아식 퓨전 라면들이다. 토마토의 빨간 색소인 리코펜과 라멘의 합성어가 가게 이름이다. '크림치즈 바질라면'은 양파, 멸치 등으로 우린 물이 끓

을 때쯤 면과 함께 모차렐라 치
즈를 넣고 그릇에 담는 순간 체
다치즈가 올라간다. 가격은 약
5천 원~6천 원.

추어탕과
생멸치쌈밥

구정숙추어탕 신도림점

🏠 서울시 구로구 신도림동
　329-6
☎ 02-2631-0993

구정숙씨가 20년 전 고양시에서
운영하다가 10년 전부터 서울 신
도림에서 터를 잡은 집이다. 2호
점(02-784-0341)은 여의도에
있고 구정숙씨의 아들이 운영한
다. 추어탕 8천 원, 생멸치쌈밥
1인분 1만 원.(2인분부터 주문
가능)

뱅어돔김치찜과
고기국수

춘미향

🏠 제주특별자치도 서귀포시 안
　덕면 사계리 264
☎ 064-794-5558

요즘 춘미향은 고기국수를 만들
지 않는다. 백반과 뱅어돔김치찜
이 너무 인기가 좋기 때문이다.
주인장이 직접 배를 끌고 나가
낚시로 잡아와 요리한다. 보말정
식(8천 원)도 있다. 뱅어돔김치찜
은 소(小)자가 2만 원. 1인분 추
가할 때마다 1만 원 추가.

국수와의 미팅

🏠 제주특별자치도 서귀포시 서
　귀동 254-5

식탁이라고는 6개밖에 없는 작
은 음식점, '국수와의 미팅'에는
고기국수가 있다. 이집 면은 소
면보다 두껍고 칼국수 면보다 얇
다. 뼈를 10시간 고아 국물을 낸
다. 가격은 고기국수 5천 원.

중식

루이 마포점

🏠 서울시 마포구 도화동 50-1
　일진빌딩 지하1층
☎ 02-3274-1188

중국요리 명인 여경옥 셰프가 광
화문점에 이어 문 연 2호점. 가격
은 약 6천5백 원~12만 원.

위의 맛집 정보들은 2012년 9월을 기준으로 작성된 것입니다.
이후 여러 가지 상황으로 인해 변동사항이 있을 수 있음을 알려드립니다.

인생이 있는 식탁

글·사진 박미향

펴낸이 김종길 **펴낸 곳** 인디고

책임편집 이은지

편집부 임현주·이은지·이송이·이경숙

디자인부 정현주·박경은

마케팅부 김재룡·박용철

관리부 이현아

출판등록 제7−312호

주소 (132−898)서울시 도봉구 창4동 9번지 한국빌딩 7층

전화 (02)998−7030(대표) **팩스** (02)998−7924

이메일 bookmaster@geuldam.com

초판 1쇄 인쇄 2012년 9월 25일 **초판 1쇄 발행** 2012년 10월 10일

정가 12,800원

ISBN 978−89−92632−64−5 03810

이 도서의 국립중앙도서관 출판시도서목록(CIP)은 e−CIP 홈페이지(http://www.nl.go.kr/ecip)에서
이용하실 수 있습니다. (CIP제어번호 : CIP2012004135)

인디고에서는 참신한 발상, 따뜻한 시선을 가진 기획 아이디어와 원고를 기다리고 있습니다.
작품 혹은 기획안을 한글이나 MS Word 파일로 작성하여 이메일로 보내 주시기 바랍니다.
출간 가능성이 있는 작품에 대해서 개별적으로 연락을 드립니다.